李小孩 著

轻抚
心中之门 上

山西出版传媒集团　北岳文艺出版社
BEIYUE LITERATURE & ART PUBLISHING HOUSE

·太原·

图书在版编目（CIP）数据

轻抚心中之门 / 李小孩著 . — 太原：北岳文艺出版社，2019.7
ISBN 978-7-5378-5947-9

Ⅰ．①轻… Ⅱ．①李… Ⅲ．①诗集—中国—当代
Ⅳ．① I227

中国版本图书馆 CIP 数据核字 (2019) 第 141305 号

书　　名：轻抚心中之门
著　　者：李小孩
责任编辑：高海霞
书籍设计：张永文
印装监制：巩　璠

出版发行：山西出版传媒集团·北岳文艺出版社
地　　址：山西省太原市并州南路 57 号
邮　　编：030012
电　　话：0351-5628696（发行部）
　　　　　0351-5628688（总编室）
传　　真：0351-5628680
网　　址：http://www.bywy.com
E – mail：bywycbs@163.com
经 销 商：新华书店
印刷装订：山西基因包装印刷科技股份有限公司

开　　本：787mm×1092mm　　1/16
字　　数：446 千字
印　　张：39
版　　次：2019 年 7 月第 1 版
印　　次：2019 年 7 月山西第 1 次印刷
书　　号：ISBN 978-7-5378-5947-9
定　　价：158.00 元（全二册）

　　李小孩，原名李保庆，笔名小孩，1962年生，山西省长治市人。山西省作协会员，长治市潞州区作协副主席。他爱好文学，喜欢诗词歌赋，在许多报纸及网络平台发表过诗歌散文。半生在诗书中陶醉，在文字里筑梦。一支瘦笔，写尽人生的悲欢离合。

活着，收获了诗歌

葛水平

李保庆的小名叫小孩。我有一个表弟，放羊，小名儿也叫小孩。从前村庄里的大人常把年纪小的人叫小孩，有些时候小孩子做错事情了，大人说：小孩，不听话，屁股发麻。

小孩——李保庆，这个人最大的特点是一身病痛，对灾难毫无知觉。因为已经变得麻木，所以，对生活中司空见惯的灾难，明白了身体是值得尊重的道理之后，于他，活着是必须的，已经足够。

别无选择。

李保庆说，人家的肾脏是在腰上，我的在肚子上，十四年前就换双肾了，吃抗排斥药物，身体脆弱得就像玻璃。从外形上看他比别人已经度过了一个更漫长的时光。这世界上只有苦难是漫长的。

这是一个饱经沧桑的人。

我有必要在此交代一下他的背景，李先生是个生意人，据说他早年做钢材和红木生意，而且把钢材和红木生意做得风扬柳顺。李先生还喜欢收藏，还喜欢音乐、读书、旅行，最主要的是还喜欢写诗歌。

每个人一生都要做许多事，读许多书，做事是正业，读书是闲暇。做事是为了求生，读书是为了求知。李先生的人生经营得很好，心中有一份清醒和希冀，为了生命中的光亮，他对自己几乎是以一种自虐的状态在劳作。生命与四季轮回中有看不见的影子在追，直至病魔到来。透支生活也许是对生命的误读，也许是对生活极致的一种追求，而真正停下脚步来的时候，在纷繁的诱惑中，他更需要的是内心的拥有。

心中最柔软的部分相依相守的是什么呢？他摊开双手寻找释怀后的坦然，他发现只剩下诗歌可以拯救他的灵魂。

他只想要一个心灵放松的地方。

选择在一处安静的地方
把误在红尘中的半生
洗礼

他选择现在的生活，但也挺看中过去。过去的他是张扬的，可能我们一直不想为别人的想法而活着，其实这是需要付出巨大勇气的。承认自己的最本质的想法是需要勇气和智慧的。勇气是把自己不能说的事说出来，智慧是把自己的方法确定地清楚地说出来，这不是每个人都可以这样活得如此自我如此明白。

李保庆有这个能力。他知道作为个体的声音已经十分微弱了，他只想用诗歌的方式和这个世界握手。

有梦的日子总是失眠

在寻找你遗落的裙香
或许是听到你愧悔的泪花
去酿造一个
永远也看不见的
地久天长

　　一生中已经错过了许多美好的人和事，不能再错过这些了，但是，人的命没有天长地久的。隐隐有一种迫人心胸的紧迫和无奈，岁月里饱含着温情，这温情中唤起了遥远的记忆。

　　他的许多诗歌都是有关爱情和亲情的。在他认为最为放松自然的季节里，思考诸如生命境界这样一些至关重要的问题太过沉重，最为现实的是爱，是留恋。他的寂寞是袒露的，他的无聊是没有掩饰的，他把不可掩饰的情感放入诗歌中，这是他最真实的状态。

　　诗歌作为一种表现抒发个人情感的艺术，字里行间都能给人以美的享受。美是从生活中来的，但这并不是说生活中的一切都是美的。车尔尼雪夫斯基说过："任何事物，凡是我们在那里面看得见，依照我们的理解应当如此的生活，那就是美的；任何东西，凡是显示出生活或使我们想起生活的，那就是美的。"

　　读李保庆的诗就是如此，可以感受到他时常在用诗抒发自己的情怀，有时直接抒发，有时是通过对某些事物、某个问题的叙述、描写或议论，含蓄地抒发，特别是他每首诗开头的风格，将所要抒发的本可一句表现的事与物，拆开分为另一行，无形中加深了读者对诗所要表达的关注，在品读中努力给人一种美感。

　　每个人在他的成长过程中，总会遇到这样或那样的困难和挫折，要成长、要进步、要成功，势必要跨越很多障碍，生活中的愉快与烦恼、开心与沮丧、兴趣与好奇、熟悉与陌生……而一路走来总会有所感慨，这些感慨就用诗来吐露、来表达、来宣泄。特别是随着年龄的增长和阅历的丰富，李保庆在他退居生意"二线"之后，诗如泉涌一发而不可收。他曾说过："写诗可以为自己点燃心灵的薪火，可以为自己照亮明天的旅程。"

李保庆用更多的时间来营造自己生活的梦想，他尽量把自己更多的欲望熄灭掉，写诗，做简单而朴素的事情。

深夜起来写一首诗，或者，早上起来，读一首诗，为什么不可以做到呢。

文字是可以让一个人寻找到尊严的。有一次他读到这样的诗歌："我一辈子活着，只不过想活得像一个人一样。"多么朴素的道理，他的每一首诗歌的孕育和生产，都是快乐的。

一个人的生命中，总能与诗歌一起此起彼伏，已经够了。

2019 年 1 月 16 日

老李的精神地标

王春林

煞有介事地谈论李小孩的诗并不容易。就像面对所有的诗，我已练就了一种姿态，那就是谦卑。这不是伪，这是真。我是真的发自内心地仰视诗人，也仰视诗歌。尽管老李告诉我，这本集子里的诗在时间跨度上只有两年。两年前，他干什么呢？我没问，却好奇。

不是所有的诗人，一辈子都是诗人；也不是所有的诗人，是"突如其来"的诗人。但我始终相信，诗情却可能是持久的，蔓延的，超越时间限定的。尤其是在我们这个具有"诗教"传统的国家，如何认识事物，怎样表达事物，都很难离开诗的精神逻辑。即便胡适在二十世纪初发起的现代白话文运动，也是以新诗为先导的。这场旨在迅速将中国改造为现代社会体系一分子的暴风骤雨，竟然首先对诗下手，足见诗歌在传统社会中的根脉之深。是的，新诗给我们开辟了一种新的想象的路径，它解放了我们的思维方式，让我们拥有了一种现代表达。但我总以为，轰轰烈烈之下依然有些东西是被覆盖、被遮蔽的，这是一些本质性的东西，它们只有一个指向，就是：心。

心是灵魂吗？是，也不是。严格说来，灵魂，那个"诗意栖居"的抽象主体抵达中国也就百年，在此之前，在中国人的意识中只有"心"，只有本心、素心、赤子之心，哪有什么灵魂？这个自足的空间概念，伴随了中国人几千年，渐渐就自洽起来。洽，是谐和，是人与人、人与世界关系的对象化自然。自然丰富、浩大，却也平衡、舒展。它将古老中国吸附在自己的坐标轴上旋转、轮回，并探入我们内在的最核心区域。直到现在，我们依然在它衍生出来的一整套伦理的荫庇下生活。老李当然也不例外。

但例外的是，在老李这里出了点意外。我说的是老李的诗歌写作。他"刚出道"就将自己的想象域定在了新诗之外，新诗的所有规范——除了语言形式——于他都是"无用"的。那这还是诗吗？他写的如果不是新诗，又是什么？

寻找答案之前，还是让我们回到中国诗歌的民间传统上来。在古代中国，其实一直都有两种诗歌形态并行，一种是庙堂旧体诗，一种是民间打油诗（民歌本质上是歌，而不是诗）。旧体诗是统称，包括古体诗和格律诗。它整严，规矩多，一般使用文言。打油诗则不同，虽然也有形式的限制，但更口语化，也就是说更白话。综览老李的诗，我断定，他是用现代新诗的形式直接接续了传统民间口语诗的表达方式，在这种表达方式的底部，安置的则是他的本心、初心、赤子之心，是无关"灵魂"的"心"之境遇和选择。

就这一点，我更愿意相信他是无意而为之。在他的精神之维，其实已无诗，只有与万物、与他人恬适相溶的寻索和告白。

无悔 / 无怨 / 薄薄的时间悄悄地说着 / 青涩的嫩绿 / 洒落的芳华 / 停靠的港湾 / 时光是修炼的曾经 / 互换的拉手还紧握着 / 难忘 / 初心 / 童车换成了轮椅 / / 无论贫穷与富贵 / 懂得感恩 / 孝道更是修行

（《轻握的手爱很暖》）

等待 / 醒来 / 用心灵的触角 / 延伸到你的窗边 / 荷裙翻细浪 / 鸳鸯梦 / 流星过 / 再诺枯海还濡沫 / 轻抚真好…

（《轻抚心中之门》）

他将有关对生活和世界的想象直接以此面目呈现，是我没有想到的。就像我没有想到他竟然在两年之内写了如此多的诗。但这都不是问题的根本，根本是：老李在某一天蓦然回首，他发现他应该慢下来、静下来了，他应该写诗了。他应该用这颗"心"收纳生活，并收获独属于他的自由。

这就够了，他写的可能不是新诗，也不是现代意义上的诗，却一定是诗，是描绘了他全部精神地标的生命之诗。

序三

情真意切真诗人

平沙

在允诺为李小孩先生写序之前，是不认识李小孩先生的。只不过在几个阅读量特别大的平台读过他的诗而已。写本文时也属于与李小孩先生刚认识不久，微信联系之前属于"神交"。但是，每每读李小孩先生的诗总能被深深地吸引。他的诗诗味浓厚、感情真挚淳朴却又有几多醇美，读之令人手不释卷、手难释卷。从诗中，我发现了几个关键词。

美，李小孩先生的诗美。美丽的心，美丽的句子，美丽的一行行的心。读之，使人沉浸在其中，给人以极美的享受。如《山中的浪漫》，把山间的美丽的景色、溪水、花、雨露、梦与青春年华辉映在一起，形成了一幅美丽的水墨山水画。第一节的"溪水/观音莲宽大的叶子绿茵成片/泉水成河怨山浅/水草成片河中绿/顺一边/鱼儿游/摇头摆尾水中欢/云雾起小雷雨/凉爽意/脚底虚/景色独好台阶迷"和第三节的"雨露/芳香/松林高雅枝繁顶端/满山小黄花开满两边/野核桃树香叶/摘一片/曾经儿时的味道/瞬间回到以前／书本中间夹一片／那香／核桃树叶的梦／嗅一嗅也是香甜"相互衬托呼应，使人置于美中而无法出来，正如诗人所言："爱是不朽的诗篇／沉淀在和睦的大自然里／日出到日落／霞光一片"。美得叫人心颤哪，这诗句，这诗，这美！从如此纯美的诗行中，能读出李先生的纯美的心灵，同时，我也被这美给荡涤了。

爱，李小孩先生的诗充满了爱。他深深地爱着上党的山山水水、花鸟鱼虫，甚至一座小镇、一件器物，更爱那逝去的曾经的岁月。

一方水土养一方人，巍巍的太行山、茫茫的上党盆地孕育、造就了李小孩先生的坚韧与仁爱的性情。有一位诗人说过："记住了爱，记住了恨，便记住了一切。"诗集中却全部充满了爱，爱一个人、爱一件物、爱过往的岁月。爱在其中，使人完全被感染了。爱之深、爱之真、爱之切。其爱不仅在《爱情》这个部分里，除了《爱的故事》《爱和多情无关》《爱还在前行的路上》《爱情》《爱是否足够》《爱是什么》《永恒的爱情》，在《红木》《怀念》《情感》《山水花草》《生活家乡》《岁月成长》里尤其读到了更多的爱，《芭蕉扇之爱》《丢弃的爱》《曾经爱过》《爱永远在传递》《把爱丢给了距离》《有爱的日子苦也是甜》《真爱》等更多的诗里面蕴含着更多的爱。《如果有一天》里，"你我相扶走在路上／花白的头发／红木的拐杖／爱意透过眼睛还是温柔端庄／爱情之路／远方"这样的诗行读来令人热泪盈眶！或许，也和李先生的经历有关吧，出生于二十世纪六十年代的他曾经是一名机关工作人员，中年时下海经商。生活是最好的老师，有生活便有老师，而经历是更好的老师。他的诗将生活融于诗中，把对生活的点点滴滴、对感情的珍惜、对家园的珍惜以及对过往岁月的珍惜都融于诗中。他也曾追问："爱是什么？"从他的诗中可以得到答案："爱是珍惜。"

质朴，李小孩先生的诗极其质朴浑厚。大智若愚、大巧若拙。最质朴的事物看上去可能会华丽异常。李小孩先生的诗，细细读来，颇有古风，这应该是长期受《诗经》、唐诗滋养、浸润的结果。如《父亲》"父亲走了 / 好久好久 / 梦里常问 / 爸爸 / 你去哪了 / 父亲微笑着 / 穿着很整齐 / 我上前 / 想拉着爸爸的手 / 爸爸不语 / 站在门口 / 微笑着 // 梦 / 在五千多个夜里 / 依稀清楚 / 爸爸 / 孩儿想你 / 念你 / 天堂里的爸爸 / 我爱你"这首诗，质朴的语言、浓厚的感情，让人读来受到诗人极大的感染，不禁被诗人真挚的父子之情感动。

李小孩先生的诗既质朴浑厚、庄重大方，同时又不失华美。如《花絮在天际》"爱 / 相依 / 花絮 / 不知从何说起 / 抓不住 / 还在心里 // 追逐 / 捧你 / 飘飘来 / 又飘飘去 / 只有等雨 // 如雪 / 会融化在掌心里 / 抚平在心底 / 燃烧的火球 / 问夕阳晨曦 / 风里 // 暖风里 / 你飘在空中赏春 / 栖身大地也聚集 / 随流水到天边观海 / 还有你的希望 / 播撒未来"这首诗，全诗读来令人回肠荡气又充满了勃勃生气，这样的佳作在这本诗集里很多很多。

这本诗集的出版，是李小孩先生对过去诗歌创作的一个总结，也是对未来创作的一个更好的开端。后来的诗一定会更好、更有高度。祝贺！

平沙，香港大中华出版传媒集团董事长

目录

独伤的雨（二）

风物之畔

初 春

我是一滴多情的水
蛰伏于冬的泥土
等待那粒种子
奉献自己
修得春暖花开

你是一粒多情的种子
苦等着春的到来
盼那一缕暖阳
诚守前世今生的相遇
长成满园春色

春冬相恋

春和冬
两个情人在较真
让那春迟了又迟
以至于春的阳光暴热一二日
又激怒了冬的坏脾气

两片云
盘旋漂浮不定
若非是前世的情缘
慢慢相互理解释放那不满的恋情

小河边的垂柳最解风情
纤枝飘逸
娇羞含春
吐出绿芽在过往的春风中亲吻

冬的寒相拥融入春的暖
来一场哺育春天的乳汁
播下情缘
迎来电闪雷鸣的热恋
相爱在多情的春天

春去春又来

几日前
春风赶走了冬冷
暖热终于让我脱下了皮衣的厚重
无奈暖过了头
寒冷去串了个门
又回来撵走了春

赶早春的白杨树
急急地撒下一地的毛毛虫
那柳芽刚想吐芽迎春
还未赶上开始撒那天女散花般的花絮
来展现那漫天飞舞的气势
又被急急回来的寒冷和寒风两兄弟吓傻
本想吐出的尖芽又缩了回去

三月间无论下雨还是下雪
满目的山野依旧荒凉
唯有返青的麦苗略显高傲
雨水的恩赐不管是冷还是暖
对麦田都是那乳汁的哺育和爱恋

春暖又躲了起来

它是我刚想拥抱的温暖春天
寒冷并无恶意
也是善意地想提醒那骄傲的丽人
还未到穿裙展示美丽的
春暖天

解冻的河水还很冷
禁锢了许久
也想舒展一下那畅快自由的春情
走进春风
春暖两姐妹的暖房
喝一杯春雨
吸一些春风
享受等待春的爱降临
暖春

春天的爱

一缕风挽着阳光
走在漫漫的小路
雾雨中的古老村落
大片黄灿灿的油菜花
开在一垄垄陌上

这些触手可及的惊奇
惊艳带着温暖
像春天的阳光
洒向柔润的绿野
荡漾出半湖春水

让所有的绿色生命
敞开心灵之窗
挣开明亮的眼睛
就会看见一支支花
悄悄地细语

一朵朵花香深入骨髓
轻轻扭动腰肢
在柔曼的枝头摇曳
一串串心语

述出心中的甜蜜

明媚的春天
那缤纷的浪漫
怀揣着春光
走进三月的深处
心被湖光花海托起

梦中佳约的盛会
张开勃勃向上的翅膀
不要来生
今生就要爱到永恒
慢飞
慢慢飞

眷恋那浅浅的春

春的四月
已很近
还有几天
春暖花开的季节里
百花争艳
雀儿追逐飞舞
将走进那春光明媚的甜蜜里

站在山腰
远望景色
那一树粉红的桃花已红得独自艳丽
醉入眼底

柔风起
春意暖
暖阳曼妙在春的枝头
洒落一山的暖暖爱意
那春风、春画、春景
优雅、闲适、恬静
往返流连处
是那一山一路浅浅的眷恋

春天的四月
很浪漫很艳
像姑娘的初恋
很纯很浪漫
还来不及细品那花含羞的缤纷美丽
就已经走进到浓浓迷人的春色间

树梢
微风
枝头上
枝杈间
情窦初开
挂满了大大小小的花苞
等着即将到来的热恋
绽放出那朵朵的灿烂

春天的四月
缠绵了多少情意
多少佳人，丽人
都走进了山高水长的相思间
用含春的眼神赏春
用惜花的爱意恋花

拂不去的春景
悠长的思念爱恋
就让那四月的春
还有环绕在空中的香风

伴着风声、雷声、雨声
都是那春天的春声

芳菲的心
唇上的印
留下的香
永远留在我的春心里

山青水绿荷叶圆

绿叶

露水

晨微亮

清新的阳光淡雅的飞翔

雾茫茫

荷叶圆

含苞欲放绿中鲜

水聚莲中间

绿叶似含烟

漫遥莲头远望山

河水清

碧蓝天

姐妹一片片

浮游河中间

争相斗艳连天边

花语

同行

缠枝莲相互连

缠绵恋情一世间

蜻蜓落在荷叶边

睁大眼

羽翼展

辛勤传递花爱恋

夏风吹来暖

雨甜

风艳

荷枝身轻摇

莲花随风颤

醉入心田

无私

静心

出淤泥而不染

花香鲜艳灿烂

一夜轻盈千枝秀

仙境花开淡香来

一缕清高

展露着枝叶优雅

朦胧里

荷叶高贵

荷花高雅

美景如画

情深

意浓

你在河塘长笑

我在月光下等你

忘却忧伤

不惹忧郁
绿裙白衫依旧
无悔地绽放着生命的娇姿
牵一世温柔
甜美
守候

山中的浪漫

山间

溪水

观音莲宽大的叶子绿茵成片

泉水成河怨山浅

水草成片河中绿

顺一边

鱼儿游

摇头摆尾水中欢

云雾起小雷雨

凉爽意

脚底虚

景色独好台阶迷

幽香

花飘

山连山

水中航船望山险

巧妇难

石垒田

玉米种在石土间

老农健步行云边

太行峡谷山通天

向下观
腿发软
坐客山顶谈笑间

雨露
芳香
松林高雅枝繁顶端
满山小黄花开满两边
野核桃树香叶
摘一片
曾经儿时的味道
瞬间回到以前
书本中间夹一片
那香
核桃树叶的梦
嗅一嗅也是香甜

相扶
呼唤
芳华轻抚苍老
过往如云烟
羡慕
那青春的时光年轮
俊秀的青年
轻轻地搀扶妻子的怜爱
眼中的台阶一步一步都是告诫的爱恋
爱是不朽的诗篇

沉淀在和睦的大自然里
日出到日落
霞光一片

盛世图画恋铁器荫城

向往
曾经
铁器的王国
铁器的都城
万千灯火的繁华与繁荣
往来商贸的梦想成真
铸造技术发达的文化中心
这就是时光瞬间而过千百年的地方
荫城

向往
北方的小镇
千万家铁炉在夜空燃烧
被点亮那半边天空的夜景
铁水流出那火红的幸福
铸成生产生活的工具
还有那让人行善的佛

向往
是你们美好的愿望
发扬光大
研究创造

精湛的制造工艺令世界叹服
在那叮叮当当的敲击声中
将那工艺与商业融合
创造改变思想
用一锁两把钥匙
在那铁锁中完善了管理
伟大的荫城
铸造铁器的人民

向往
那"福与佛"融合的文化精髓
福字连绵不到头的美好愿景
用祥瑞麒麟守护着家园
永保安康

向往
铸造的铁牛
铁羊栩栩如生
铁钟的钟声似乎还在耳边回响
还在告诫后人的我们
努力
奋斗
前行

仙吹了一口气

你是云
还是雾
还是看不见的仙女
吹了一口气

你笼罩了大地
模糊了方向
你飘飘而来
看不见了太阳

你是结晶的冰
你是凝固的水
还是天宫的王母
施舍了一点泪

你来自何方
昨夜
没有一点迹象
缥缈的如仙境般景象
看不到你真实的模样

有时你
优雅而至

有时
你铺天盖地
有时你浓淡相宜
你还急来慢去

那雪景的远山
弯弯的河流
还有高高的塔尖
都在那茫茫的雪和雾里

心里
快意
多些美丽的冰雪美景
也多呼吸些凉凉的清新空气

远望羽毛飘

绿柳
芳枝
秋与冬一步之遥
幸存的金黄
被风吹雪寒搁浅
晴空、几只白鸽戏云间
西风吹落芳华
那飘落的羽毛
舞蹈、迷茫
冬寒窗下飘
痴狂、微笑
眼眸亮罢、留暖香
独逍遥

开窗
轻取
角落里的柔情
来自心底里的述说
飞翔的哨音欢歌夕阳霞光的红
收藏你洁白的诱惑
柔柔的风，浅醉诗情琼浆红
约佳梦，聊芬芳

何来歌声耳边狂
轻吹一口柔风
羽毛飞舞去
醉了一片云
独与满天雪花缠

春风沉醉的夜晚

傍晚
飘洒
夜灯下的雪花轻落
片片秀着浪漫
春风吹来
雪花飘落的瞬间融化
沉醉成雨点
是雪的寒
还是风的暖
春风的夜晚都很甜

春天
春意
绿的希望迎着春暖吐芽尖
折一段柳枝条
吹一段迎春曲
暖一暖融化的水寒
迷人的夜晚
沉睡了一冬的柳枝轻吻春风
沉醉在吐芽的甜

河畔

岸边
听鱼儿跳跃蹿出水面
小女孩拍手叫喊
清澈的湖水
河灯色彩斑斓
鱼儿追逐戏欢
沉醉的夜
静看月圆
河边相扶的老人
满脸春风都是甜
冰山变成银

风起
云聚
奔放春夏的秋叶哭了
花瓣裹挟着枯黄的落叶在流泪
风儿停了又起
寒雨浸入爱情的躯体
那曾经辉煌誓言的岁月
秋风扫落叶般将狂语吹得干干净净
剩下皱褶一地的残枝败叶
悲切地承受时光的无情

树大
根深
曾经也叶繁花灿
豪情不惧世艰难

心怀欲望的甜
梦斑斓
鸳鸯戏水边
多情、痴情、红裙艳
万贯
陌路三更寒

抖落
尘埃
细数人生几度春
痛了
秋风无情
醉后的笑沉重

冰山盼成银

梦
信了爱情
不是情怀
如云变幻的恋情
浅浅的雨
风雨欲来的风
现实的真

风情田园

稻田
水牛
被一抹残红燃烧
一张张笑脸
眼眸中的灿烂
余晖羞涩地醉倒在河水里而眠
几只长耳朵山羊点缀在房前路中间
胖嘟嘟的鸭
悠闲地摇摆
藤蔓缠绕的森林
这片处女地还留有原始的生态绝恋
独角兽、犀牛
人类的伙伴
两耳摆动、口中戏水
独角戏颜欢

生态
木船
轻柔的风将我带到你面前
你忘却沉默
惊喊
双手牢牢用力抓紧船舷

河中的独木舟小船
鳄鱼张口露头不远
近在咫尺的凶残
红鸟落枝头
鸣声喜
道平安

鼓声
舞蹈
浪漫的风情
神灵护佑这片土地
怀揣一颗虔诚而敬畏的心
痴情这古老美丽的田园

仙聚阁楼古道旁

遥望

山川

秋风吹红金黄一片

柿子点缀满山艳

鲜艳的土姜花醉了

黄花笑、朵连片

多情地躺在高坡上闪耀花冠

石级、古楼

门头上的木雕人物还带着微笑

回首忆千年

往昔

风光

古道青石路

马蹄疾、河道旁

大红门、歇马寺楼阁尽辉煌

石柱、石雕

青石底座上雕刻的吉祥的象眼

古砖、古窗、古井的水很甜

潞洲

山边

古老的曹庄

曾经的神殿

翻开石碑文的故事

再读飘过的历史云烟

乐曲、歌声、酒香融入云间

古琴弹奏归乡、团圆

搁浅残破的苦难

找寻足迹

众仙、欢聚这座山

回眸笑、云连天

染红灯笼映红颜

怀念与暖阳

慈祥善良的您

父亲
小时候教我
不信命
我信

母亲又说
信天道
信善良
我也信

当生活经历磨难痛苦的时候
命运同时也赐予勇敢、坚强
我信公平

当命运遇到坎坷波折时
坚持向认准的目标前行
我信努力

母亲
在这个世界上
最慈爱的是您
您赐给我一个灿烂芬芳的世界
蓝天、白云、大海

梦中的人
让生命感受那天地万物的滋润

母亲
每次我出行
站在路口用目光送行的是您
而您的心
早已被我带上远行的航程
挂念、盼归、数日子
是您每天必做的事情

母亲
你像那慈眉善目的观音
梦有多远
爱有多深
你身旁的松柏树
都被您养护得枝叶茂盛

母亲
清明
我去探望您
酸枣刺扎在我手
疼
那叫声你能听到吗
我在幻觉中还能感觉到
你那温暖柔软的手
轻轻抚摸的柔情

和那心痛怜爱的面容

母亲
时时刻刻都用心护佑着我们
感恩您
伟大的母爱
慈祥善良的您

相识太短

多希望
看到英俊的你
曾经的帅气才子
能和你交流音乐思想

走过春天
走过四季
在琴弦的风里奔跑
在白桦树林里共享啄木鸟的爱意

然而秋的风
冬的雪
侵袭了你伟岸的身体
你曾经用一生谱写的诗
也丢在风里

我的兄弟
多才的你
走得太早
我只有将快乐的心门关闭
剩下的只有心中的忧伤
眼角的泪和思念中的你

我的兄弟
想握住的是岁月镌刻后多才多艺的手
无缘的你走得太快、太匆忙
留下的只有我两行
苦热的泪

兄弟
宋亮
天堂的路
一路走好
我们会永远想你

悼念好友庆平兄弟

多希望
传来的消息不是真的
中年英俊的你
天命之年早去
你热情、奔放
几十载的友情还在回忆

青年时的春天
我们相聚一起
很小的工厂里
为了生存
我们一起用针来加固
待业时期工作的友谊

一起走过四季
我们用线把情谊永久缝在一起
我们曾经在冰上骑车赛跑
一起在酒馆里喝酒到醉
一起帮助把你所爱的妻子娶回
今天的你
朋友
儿女尚未成人

如何忍心离去

如今
冬至刚过
寒风已起
无情侵袭了你伟岸的身体
你曾经用一生辛勤工作谱写的事业
也丢在风里

朋友
勤劳友善的你
走得太早
我只有将快乐的情感锁起
剩下的只有心中的忧伤
眼角的泪和思念中的你

我的朋友
你是我永远的朋友
但我无法拉住你想去天堂享福的心
而留住的只有往事的回忆

朋友
天堂的路都是花
一路走好
我们会永远想你

丢不掉的情结

夏日
知了拼命地叫着　很烦
所有该躺午休的
都在燥热的阴凉处小憩
睡意、睡声、梦语声

机会
机会来了
轻手轻脚走进鸡窝里
冒着风险
伸手去鸡肚下摸出一个鸡蛋
热乎乎的、暖暖的
慢慢放在我那小口袋里

赶紧
背书包
拿水瓶
卖鸡蛋
想着等会舔着吃山楂糕的味道
绝妙的感觉
幸福
想着都想笑

山楂果
磨出的粉　酸酸的
吃时屏住呼吸
不敢出气
用舌尖轻轻一舔
美味
酸在口中
甜在心里

鸡蛋八分钱
山楂面二分钱
够我吃四天
芦花鸡、木栅栏、山楂面

丢不掉的情结
难忘的童年

丢弃的爱

楼高

望远

有趣的景看不见

远方雾茫茫的天

如遮了一层摸不到的帘

叹杨柳低垂

清秀之春叶再努力也难及窗边

邻居家漏水

不知姓甚名谁

高楼的城里

烦恼的自尊

见面都是点头的熟人

光鲜的衣服满手的金

透着含蓄与懂

何时

渐变

视野宽广

而眼界萎缩

成了互不来往独立的窝

个个把尘世看透

藏起喜悦和忧伤

剩下的是电梯间
那虚假的问候和微笑的脸

平房
大院
正午时光
家家户户炒菜的香味蔓延
嗅觉告诉我谁家做的是好饭
也许等会还能品尝到一点点
听着评书端着碗
这边转转那边看
火红的年代
谁家出差或从老家回来
邻居们都能分享到快乐
那时糖果都很甜

加班
晚归
夜黑月明灯点燃
弟妹在门口的等待中困倦
邻居将他们领回家里面
和子饭喝上一大碗
大坑上都还挤在一起笑得欢
相互照应的那个年代
自觉的相互关怀
不用感谢
心里都很暖

淡淡的情深依旧
浓浓的互爱深情

无奈
无助
门上的猫眼窥视着楼道
警惕着外面的喧嚣
生老病死也只剩下感慨
和别人亲近也许成了羞怯
纯与不纯都是彷徨
青春梦还在
楼高情已丢

怀念
难忘
心灵的碰撞
我想将往事粘贴
复制那邻里的互帮互爱
也许
留恋远方将要落山的霞光暖意
那放弃的
才是宝贵的爱与甜

父 亲

父亲走了
好久好久
梦里常问
爸爸
你去哪了
父亲微笑着
穿着很整齐

我上前
想拉着爸爸的手
爸爸不语
站在门口
微笑着

梦
在五千多个夜里
依稀清楚
爸爸
孩儿想你
念你
天堂里的爸爸
我爱你

河边少女

还记得少年吗
我在你的河边经过
你的裙裾
被我的风流轻狂打湿
我用我的眼神
送去的歉意
而你且轻轻挽起
揣在你起伏的怀中

无数个秋冬之后
经历人生的我
岁月的风尘
掩埋了五十多载梦幻
只有那条小河的流淌
还能动容了我的惆怅
为什么你的模样
却再未见过

涟漪渐渐远去
有梦的日子总是失眠
在寻找你遗落的裙香
或许是听到你愧悔的泪花

去酿造一个
永远也看不见的
地久天长

那年
花开月正圆

怀念周总理

念您
把祖国人民装在心中
念您
独自扛起折磨您的病痛
念您
革命生涯奋斗几十载
念您
鞠躬尽瘁为了人民大众

您
千秋英烈永存
您
燋灿照耀长空
您
高风亮节浩气荡
您
让人民永远万代颂

今年的初雪

几片零星的雪
落在柔和路灯下的目光里
也落在我的身边
我匆匆行走在雪海里
那雪海里飘飘而去的丽人
情思
却不愿意离去

下雪了
像少年的冬天一样
拽着我的记忆回想
我曾经在那白色的天地里疯狂
在雪地上打一会雪仗
再垒个大肚子雪人
吃着从树枝上敲下来的冰
于是
就温暖了整个冬天

今天的雪
和往常的雪一样的白
却少了少年的味道
少了那慈祥熟悉的眼神

少了我开心的表情
我知道
那样的雪一直在我心里
从未融化过

又有很多雪花落下
在努力描绘着大地的颜色
像是有许多话要说
我看着这些飘飘落落的雪
真想也变成那朵朵雪花
无私地去拥抱你
我亲爱的
母亲

老师的胸怀

秋天熟透时
秋叶飘落的时候
我看到了您那熟悉的身影
还是那样庄重
沉着、稳健
只是头上多了些岁月积累的银丝
更白、更亮
更鲜艳

记忆中
瞬间而过去的几十年还在眼前
最值得留恋的是学校的时光
那学堂、操场、纸糊的窗
淘气的粉笔头也会飞到头上
无怨的您将所有的知识奉献给我们
无悔的我学到了做人的品德和思想

人生理想
您用您的数学公式
告诉我们最简单的快捷方法与道理
去计算出那如何成功的未来
可惜

那时的我不懂努力

曾经
星期天被叫到您家中补习
树下的阴凉处
围坐在院中的石桌旁
帮助我们补课学习
您在大盆里不停地洗着衣服
还一边照看着坐在木制童车里
那一两岁的女儿

不会忘记
青春的您
用激情与忘我演讲
告诉我们
毛主席的诗词"大渡桥上铁索寒"的壮举
更不会忘记伟人逝去
您带领我们在哀乐响起时
您悲伤流泪的情景
那时的我朦朦胧胧也才十四岁

班主任
老师
播撒种子的您
将一颗心
分成几十份放在我们每一个人的身上
如今几十个人心中装着一个付出芳华的老师

那勤劳勤奋的您

无论光阴变幻多久
您除了责任就是奉献
您都是我们永远永远敬重的先生
尊敬的老师

母亲的歌

小辫
披肩
裙摆刺绣花边
含羞草月下留恋
曾经盖头飘红
也曾花朵香艳

生命
希望
承载与未来
寄托于青春的宫殿
时光的记忆与母爱
开始敲打善良的胸怀

短发
皱褶的布衫
被时光打磨的岁月
生儿育女也成了坎坷的负担

盛事
劫难
虚弱中的喜庆

写满红尘疲倦

操持
岁月
沧桑
针线穿连温暖
俊秀温柔青春的玉颜
多了爱与善良
成了你慈母般的细心与爱怜

芳华
留给儿女
自己舍不得用的钱
将帅气的儿子装扮
更会用爱把女儿梳妆得花枝招展

苦乐
甘甜
不畏风雨
无怨无悔
幸福的我
幸福的您

一生的感恩
无尽的思念

未了的情

悲怆
苍茫
我如何随着奈何去走
飘走了烟
抖落了香
那送去的感慨思念
随着洒落的花一并种入田野陌上掩藏

伤
泪滴过往
放下背负的重量
那梦中音容尚在眼前
你如今已在天堂安享

心痛
守候火光
用心培起那尘世的爱
感恩缘
那永远无悔的我
继续
相逢那未了的一世亲情

母亲
忘不了您
总是把好吃的饺子都盛在我们碗中
而您在那角落里悄悄地吃着剩饭
更忘不了
寒冷的冬天
早晨您会拿着我们的衣服在火炉上烘暖

春风春雨空有泪
凄凄山野枯草黄
松柏常青伴左右
安享仙境佑远方

母亲
心中高大慈祥的神
感恩您
永远永远怀念您

年的变迁

过着现在的年
很想再回到从前
慢慢地感受生活的变迁
那曾经
耐人寻味的年味
总是在岁月匆匆忙忙之中
留下思绪万千

无奈远去的
岂止是年味
连同人的习俗和生活的情感
都在不知不觉中
发生了改变
初衷不知道
这是不是遗憾

好想好想回到以前
那浓浓的亲情
总是很温馨很委婉
即使没有美味佳肴
也倍感亲切温暖
那无限的亲和力

深深地感叹

一声浅浅地问候
凝聚着多少内心深处的无言
眼神中熟悉的眸光
隐藏着的泪眼婆娑
任相见时感慨
顿时化作深情地拥抱与相见

曾经熟悉的街巷小河
已今非昔比
小时玩乐的地方
再也见不到过年爆竹声响的笑脸
年是什么
是再也回不去的从前

旗袍的情怀

小辫
翘起
期许的眼神
殷勤的夸张
忙乱中
紧巴结
抢着洗碗还打破了一个
惶恐中伸着半个舌头
偷偷地扔掉破碎的慌

许诺
承诺
为了文艺演出
借来白色的连衣裙
过年的压岁钱一定给你二角
那时
用这钱看电影
能看好几场

连衣裙
旗袍
那个年代还分不清

只在电影中知道
穿这样的都是风尘的浪
明白了
旗袍会开很深的叉
是很诱惑的装

成长
成熟
懂得了线条的匀称
思绪飘飞
一缕清风
一片霞云
慢走
回眸
春天般艳丽多姿
那时想试试
但冲动过后
想穿
不敢

雅赏
暗香
唐诗宋词
窈窕淑女
藏在精致的牡丹图上
细碎步
惊醒苍老的梦

打开那流年记忆的窗

爱你
恨你
观赏夜
闲暇时
悄悄地将那下摆的口
些许缝上

红色
紫色
粉色
走来走去的端庄修长
淡淡的幽香
蕴含着高贵的恋
静雅
向往

懂
那恋恋不舍的春光

青春的印章不褪色

小时候
雪下得好大
深深的脚印
湿了鞋袜

火炉上烘烤
烧着了棉布鞋的花
笑着过冬春
剁脚在寒下
苦中求乐
忘不了
那多美呀

那时候的梦做得好傻
无边的原野
在天的尽头
未来还开满鲜花
歌也带泪
哭也芳华
忘不了
那真好呀

还有一句话说出来吧
你的脸羞了
我的心跳快了
低头思念着美好
夜晚的星
像那天的泪
忘不了
那真美呀

爱着的人还爱着吧
念着的人就念着吧
像那天的梦
那天的凝望

青春的印章
永远刻在远去的路上

青涩的青春

十八岁时
尚不成熟
有些羞涩
还会脸红

那时少年的我
对爱很朦胧
只知看到少女有些小小的萌动
常喜欢在一起游山逛景

持续中的友谊
朋友还是朋友
叹那画中戏水的鸳鸯
少年不懂风情

只感悟生活很美好
浪漫的青春
无忧无虑地快乐欢喜
红旗牌的自行车前后都载着人
相互追逐在车流中急速穿行

路沿

坑洼上下跳跃
还左右摇摆、躲闪
惊叫声中笑得那样婉转灿烂
快速急转弯
那在后座上坐着的姑娘
用双手手指尖牢牢地抓紧我的衣裳

期盼前面有车
我也能有些那应急中的浪漫故事
那是真年轻
真性情
可我不敢

你说你要去远方
很远很远的地方
你还怪我
朋友一场
不去送你

偷偷看着你坐着车远去
知道你一去不返
青年的我
也经受不了离别的场面
更不愿你远去

多年后
还在回想

那个年代的纯洁纯真
分别时没有握手
更没有拥抱
只感到心有些酸涩与留恋

青涩的青年
美好的回忆
永远都留恋
都甜

轻握的手爱很暖

傍晚
闷热
一丝斜阳余光还暖着云半边
微风懒
热浪翻
窗口一少年给奶奶轻摇蒲扇
面微笑
口说慢一点
眼中灿烂心中暖

街边
花香
微风夹杂着一丝丝的凉意
飘过来一点点风爽抚颜
双鬓发白的儿子轻握母亲的手
漫步在路灯下的林荫边
柔顺
语甜
被放大的母子影子变幻
瞬间高大
人更高、心更宽

时光

飞逝

青春如光阴一闪

天命不惑

昨天已是几十年

回想温暖

小屋，小凳

被冻的水缸，冰也甜

窗上的冰花很斑斓

用嘴呵出的热气融化成个小圈

看外面

树上冰花一片片

雾凇景色，银闪闪

木块燃

满家烟

母亲把烤热的棉袄拿来

穿上

热乎乎

真暖

无悔

无怨

薄薄的时间悄悄地说着

青涩的嫩绿

洒落的芳华

停靠的港湾

时光是修炼的曾经

互换的拉手还紧握着
难忘
初心
童车换成了轮椅

无论贫穷与富贵
懂得感恩
孝道更是修行

思念那山里面

微笑
坚持
车门关闭的瞬间
扭过脸
不为别的
只为那一眼离愁
肩头抖动的颤

回忆
往事
为了那相思
青春呐喊着远去
分别时的最后多情
也化作笑容
哭成泪人

高贵
希望
为一句承诺
山区孩子那期盼的眼
你的平庸奉献
成为我永久苦涩的念

恋甜

思苦

送你的清晨，希望窗外月亮不要下山

马蹄表的铃声

不要响出别离的酸

让那柔和的光轻抚你的脸

天蓝

梦远

几只粉笔头

半块黑板

无法阻拦，你的梦在山里面

迷茫

恨远

朝霞等成夕阳

春雨度成雪寒

站在河边上的小山，高处望远

留下的野酸枣由酸变甜

吃出心中久久的恋

情浓

眉间

泪滴成串

熟悉的脚步

淡淡的烟

往 昔

少年
学堂
每一天，书声伴着晨光
铅笔刀把小手划伤

晚霞
风凉
把太阳读成夕阳
院中央，石桌旁

灯火
月亮
从顶窗爬进了房
灶台上的玉米面疙瘩金黄
换下的一颗嫩牙，被种到房上

偶尔
捣蛋
字写在女同学背上
被罚站在课堂门外
让叫家长，撒谎
都出差在很远的地方

逞能
琼浆
去参加酒席的场
菜未上
酒喝光
醉酒的梦中急，画了一炕

青春
书香
把最美的时光嵌入诗行
梦想
书中自有黄金的房

长路
向往
不悔如金的时光
歌唱青春
在贫瘠的笔墨中默默沉淀
积聚绽放
不问苦读
不问沧桑

那书中
诗意芬芳
千言万语都散发着墨香

我对您爱得深沉

眷恋

情深

我的母亲走时

心情很好很精神

聊了许久

还劝我早些回去

说想吃西瓜

非常难得的欣喜心情

刚有好转

可我不敢让您吃

那时我傻

不懂

可惜

后悔

最后的辉煌

将生命的爱意用尽

我一声声呼唤哭喊

最后残酷的现实告诉我

那指引教育我的明灯燃烧已尽

没让您吃那床头的西瓜

回忆

后悔

成为我永远的遗憾

怀念

关怀

平房的小院里人人都平等

富贵贫穷

区别只有在关起门时

偷偷吃

才能显现

母亲总是将西瓜整个买回来

要知道

那困难时期

西瓜子都要洗干净烤干吃的年代

母亲常常入不敷出

每月只挣十几元钱

婚礼

喜庆

娶亲的鞭炮声响成一片

追在喜悦人群后面奔跑

能抢上一颗喜糖都是开心的事

幸运降临

一个未响的大鞭炮掉在雪中

赶紧捡起

用手抓住放入口袋中

一声巨响

耳朵嗡的一声
手麻后是钻心的疼
跑回家去
母亲用力搓着我的手
还用嘴吹那被火药炸得有些黑的手
那时
只记得我哭着喊痛
母亲泪流成串，心更疼

往事
随风
我的生命之源
已安享天堂
留下孤独的我
守着那无尽的思念
望天空远方的云
看窗外摇摆的叶
母亲
我深知
您与我，都爱得深沉

线

河边
沟里
肥大而圆润的叶子
很高的杆很脆
虽不经风雨
它成熟后磨炼意志
坚韧无比
重石压
水浸泡
剥皮，晾晒
搓成麻线绳
成为慈母手中千言万语诉说的情
儿女脚下千针万线穿连的爱

锥子
顶针
老花镜
房顶清风向上弯弯的炊烟
油灯下瘦弱苍老的手
还拿着缝衣针
为了儿女身上穿暖不寒冷
正努力将那线头对着油灯穿进针

母爱
母亲
默默奉献的您
柔情似水的胸怀
针针线线都是温暖的冬

凝聚
亲情
飞不远的风筝
看不见的线会把所有的心
都和母亲相连
柔顺、慈祥
熟悉的脚步声
家
甜蜜的港湾
永远的春

您
母亲
儿女精神的依靠寄托
您就是那定海神针
阳光笑声永远灿烂的天空

秋高
气爽
母亲的竹篮
平房的大红瓦

土墙边

林中艳

雨后金黄红灿灿

柿子，线穿，去涩留甜

心与心相印永远

时空沉默

望远

沉淀

那看不见的思念

都是用情思连起的甘甜

幸福感

小时候
一进入年底
快到年关
急等着过年
盼能穿那绿黄的新衣服
还把大些的新帽子里
垫上些纸
看上去有角有型

桌子上
放着油炸的麻花面片
那叫好吃
香脆酥甜
一个口袋里装着被拆开的小炮
一个口袋里装着花生、核桃、柿饼
天还没亮就起床
去邻居或小朋友家
运气好能领上一二角钱压岁钱
过年
真幸福啊
这么好的幸福感持续了整个少年时期

如今

餐桌上

隔三岔五地

会有数不清的大鱼大肉

怎么品

也尝不出

当年过年的味道

也没有了天还没亮

母亲给我那两块钱的幸福感

永久的思念

离别
许久
回乡祭祖
总惦念着尽些孝心
留下点念想
一是不被乡邻耻笑
寒酸小气
也给儿孙做个榜样

择吉日
竖石碑
种松柏
磕头烧香
祭典
念父母辛苦劳作一生
未及享福
悲从心起
眼中泪涌

也许孝心感动了神灵
天上云雨均飘然而至
伤心之际

感叹
感慨
"清明时节雨纷纷，
路上行人欲断魂"的佳句

瞬间
数年
怀念母亲那灯下穿针引线的身影
坐在我面前
端详我那慈祥怜爱的眼神

如今
情还在
碑已立
不知天堂中的你们
送去的寒衣是否暖身
那思念的鲜花是否插入花瓶

父亲
母亲
今生的父母
来生还做你们的儿子

我永远想你们
儿子爱你们

又到山花烂漫时

田埂上
山坡边
满山的花又开了
从青黄到嫩绿

清明
怀念的季节
陌上的杏花
也将散落的思念团聚
祭奠那早逝的亲人

父亲母亲
如果
那心中的默默哀思是寄托
我愿永久保留与你们的亲情

如果
宁静是种托付
燃烧的火焰
一定会托起我那忠孝的诚心

如果
你们能知道我的哀痛

就让那飞起的祥云一起
带走我那一生心中的感恩

如果
一炷香
燃烧出落魄与悲痛
道一声珍重
我不把忧伤和眼泪让你们看到
你们是最爱
最心疼我的人

曾 经

曾经
花开得好美
曾经恋得好深
思念往事是种幸福
梦中的过往都是笑靥

曾经
看到生机与希望
我的心也疲惫迷茫
当梦醒的时候
一切回归现实

又见塔金黄

秋天
风瑟瑟
枝摇叶稀晚凉意
残花也罕见

今观六府塔
又见塔金黄
秋不同
景亦然

商店依旧在
老板换几茬
街区寻觅三百度
昔日牌室今饭庄

佳人
在何方

曾经爱过

摘下
爱情漂亮的面具
那个脸上
不是写满伤感
所有不曾欢快的日子
都已陷在往事里深深低落
是没有在对的时间
遇到对的人
还是遇到对的人
没有珍惜

也许
多年以后
往事还会历历在目
谁还会记得
生命里
倏然逝去的曾经
努力用心经营的一切
在现实面前
静静疯狂

昨夜我梦见您

父亲
昨天我梦见了您
你走了很久很久
您有许久没来
讲述我爱听的故事了

母亲
昨天我梦见了您
您怜爱地抚摸我
发烫初愈的额头
我说我想吃山楂罐头

如今
没有你们的世界
花开无声
哀思还痛

不知
你们在天堂是否寂寞
我真的希望
您约三五好友
把酒言欢

论时对弈

父亲母亲
愿天堂的你们开心依旧
自在得意
愿红尘的我生活健康
生活幸福

蜇人的马蜂

年轻时
骑车飞快
大院里穿胡同过窄巷
上下台阶骑走如常
飞奔如风
绝对是技术活
有时
也就是发条多断几根

用力
提把
跳跃而过台阶
弯腰低头侧身穿过晾衣的铁丝绳
自豪潇洒的时候
被那躲藏在铁丝上
晾晒的大葱叶上的马蜂蜇了一下
脑门剧痛
鼓起红肿
那疼无法形容

母亲
怜爱
找来生蒜给我涂抹

还用夹子拨出尖刺
那刺带弯很长
毒很强
额头痛了好几天
留下了永久记忆的心寒

多年
心有余悸
看见飞的蜜蜂都躲远
家中的葡萄树也会招来
野蜂聚餐
花丛中尝鲜
开艳的鲜花独享
更是它的霸权

甜美的蜂蜜
蜇人的刺
相互再也不愿联系在一起
小东西
飞来飞去盘旋的威武
大威力
从此不论何地
躲避远离

母亲风湿腿痛
蜂巢、蜂卵、药丸
解除了苦疼
露出了笑脸

芭蕉扇之爱

天蓝

云淡

风神睡了

沉闷的空气里柳树叶透着懒意

读书烦

竹椅躺

树荫下躲阳光

燥热

头后有风

哪来的清凉

母亲站在旁边

手拿家中唯一的芭蕉扇

轻轻地摇来轻风

凉爽

回忆

甜蜜

芭蕉扇是父亲的专利

那个时代

也算是半自动电器

我们在暑天时

只有将鞋盒的纸盖子
剪把芭蕉扇的样子
清风、凉意
前后左右上下飞舞
不断地扇来风凉
带来惊喜

芭蕉扇
盛夏中的凉风
带着过往的爱意
逐渐丢弃在往事的童年里
划过时光的邂逅
一路走来
一路相伴
如今成了古旧的怀念
不舍忘记

芭蕉扇
带着曾经的岁月情谊
活在艰苦奋斗
幸福的年代里

残留的都是梦

遥望

河岸

数那高楼的窗

无数太阳的波光

映红散落地上的残叶秋黄

蹉跎岁月，光阴婉转

浸漫的寒霜风雪

小跑夹带野风悄悄席卷

将一片秋叶捡起

用雪融的泪写满未来向往

曾经，生活美好如诗

那纤细的枝头

轻盈、弯眉、娇俏挂满春的荡漾

优雅

情缘

那丢了青春的人

长夜里，半瓶残红醉入梦

花闭貌，今宵娇

数星光，几度沉浮又奈何

抓一把阳光

扔向旧梦的路上

在雪花再来的时候
给那无缘的人
一些冬日里爱的暖阳

弥漫
书香
把焦躁的梦从落寞中唤醒
笔尖下丢了爱的人
或许还在追赶这世间
情为何物的真诚
芳华、红颜
谁刺痛了你的缘
别丢下
光阴似箭的豪言

雪中的记忆

难忘
冬雪
这姗姗来迟的期待
夜幕下，雪飘
醉了一双眺望的眼
你亲吻我　眉间
泪　润湿我的脸
片片柔情的拥抱
把所有的吝啬辜负

树丛中，雪
稚嫩的小手团起抛向空中
忘不了
外婆的笑脸
紧紧追赶的目光深情而遥远
童年的旧梦
冰冻的往事
伴着美好的回忆
融化了所有的雪寒
用力　把折叠的纸飞机飞起
女孩，笑声
缓缓地飞
慢慢下的雪

残月亮晶晶

弯月

朦胧

守望星空

几朵雪花

藏在青涩夜幕中的浪漫柔情

我听见你轻轻地呼唤

含羞飘舞、轻抚我脸颊的红

懂你

陶醉

生命的代价

优雅地融化在风中

黎明前

将残红的月光

冬日的红颜

用漫天的雪

把所有的孤寂浪梦掩埋

飘洒

晶莹

远方传来禅音

无痕的时空

如沙滩上走过的印迹
被海水冲刷得无踪无痕
那雪、那雨、那笔墨中留存的喜悦
都刻上了有形的记忆
雪和冬，我与梦
捧起你
我的雪花
再回首
我的残月
亮晶晶

彩虹依旧在天空

晚秋

凉风

虽然夕阳累了

淡雅的云仍在燃烧

阁楼窗

半边红

帘内裙飘云裳

好熟悉的彩虹

云也斑斓的艳

数十年

裹挟着岁月的青春

透过时光的窗

将皱纹的痕刻在墙上

兰花

二三叶

品质很傲强

远方

风铃

记忆着秋叶红艳的纯

母亲那开心的笑

女孩张开双手

胖嘟嘟的小脚丫左右摇摆地走

童年的时光很瘦

如晚霞

如秋叶

曾经还在想着如何长大

一阵风

春到冬

如今已是回想那美好的青春

静听

喜鹊

一声声欢鸣

穿过沉醉的时空

迎晨光日出的虹

修身、淡泊、宁静

用几滴墨雨

洗礼灵魂

怀念父亲母亲

生命
从嫩绿走向青黄
相聚
离开
再盼……
当秋叶落下的时候
我已无能为力
分手已不可抗拒

在聚散和牵挂之间游离
聚散愈多
恐慌俱增
即使竭尽全力
还是有那么多，
未曾来得及做的事

父亲……
时光
总是在匆匆间溜走
下一次
再下一次……
这样悉数平常的聚散

每一次
想起……
仍然成了我
心中的一道梗
你们走了
可曾看到
有我无数次来过的足迹

母亲……
不忍看您孤身转过的背影
思念您灯下穿针引线的身影
更不忘您慈母般端详我的眼睛
不忍让我独自远行
心怀各种的担忧和牵挂
每次想起您
我的双眼满是泪花

以前是我幼小年轻
而今我也天命白发
我们变换着牵挂中的牵挂
我相信在天堂、
在人间却依然在担忧着
各自的担忧

也许
从我记事开始
一直到现在、将来、未来

梦中的你们
都是我
生命中永恒

永远爱你们……
父亲、母亲

老爸的话

老爸，你留给我的话
就像晚风儿吹落的千树雨花
湿湿漉漉，飘飘洒洒
你把开花的春天留下
告诉我在你的脚印里生根发芽
老爸呀，老爸
那是一种出发还是一种到达

老爸，我记着你的话
就像春草儿顶破了香泥巴
一寸一寸，向蓝天出发
也许我不能高高飞翔
一辈子在你的脚印里浪迹天涯
老爸呀，老爸
这是一种骄傲还是一种回答

亲爱的老爸
您在那边
还好吗

泪洒向夜空

秋月

深沉

隔着浩瀚的天空

我伸手

想用欲望诚心把月亮抓到手中

一缕青烟

昨日的梦境

霜扫落叶纷纷

您放下留在人间的亲情

独自远行

飞翔

明月照亮了行程

慢行

兄长

用我的泪

洒向夜空

浇灌您天堂的鲜花

清洗那石碑的灰尘

怀念

曾经

坚强的您辛苦跋涉的一生

山道间、雪寒中

清晨的雾还未散去

已看到您勤劳奔波的身影

久别归来时

企盼的子女眼中

还留有您幸福满足的眼神

心灯

光明

我把悲痛藏进心中

泪留在心尖上颤动

相隔不远

人间、天堂

风惊动、哀乐送

泣声寒、留清名

我不想打扰沉睡中的您

敬您一杯酒

让升起的祥云送您

天堂的路都是花

我们会永远想念您

兄长

一路走好

慢行

半斤岁月

半斤情谊

十八岁时候
喜欢吃肉
半斤牛肉
一盘花生米
两三个人
一二斤长治白
享受友聚、喝酒、斗拳的感觉

酒后
君子之交淡如水的古训
演义成了君子之交浓于血
桃园三结义更是成了效仿的对象
争强好胜、舍身相助成了常事
可惜舞台大小
时运不济
有了君子的勇敢
没有三国的乱事
也想占山为王
做梁山水泊式的人物
曾经早起晚睡强身练武
最终因世界太平
无用武之地

有时也做些过头之事
酒醒罢

一生遇事总要论个公平
如今迟钝的明白
不惑以后锐气全无
有时还能流露出青年的豪气
冲动变成了冷静
更多的变成了责任

如今看不尽的春花秋月
都已日暮黄昏
有时还爱喝点酒
但大不如前
面对友善真诚
留下情谊
追求快乐
不能忘记平安与责任

茶　恋

淡香

甘泉

春雨爱上了春风的柔

泉水恋上了茶花的媚

小姑娘围绕在茶树旁欢笑

被掐疼的茶尖无奈

悄悄地流淌着

那泪的伤

晾晒

芬芳

夜晚的山中风清月爽

炉上的茶叶翻滚呻吟

被烤着飘香

炒茶的茶妹

不时用双手交替着

吹着

手上的烫

卷起

奔放

清静中休养

把痛苦的缠绵忘掉
等着在空中飘散
永久绽放
在拼搏中舒展
努力散发着那
最美的香

追梦
飘香
思念那冬去春来
悠悠的沧桑
岁月变幻着的千年茶树
越古越醇
悠远的香
淡然中腾起的丝丝茶雾
诉说着自己
如风如云般
那生命的永恒坚强

往事
记忆
如君子相逢
那清澈的泉水
放几片精灵
飘来飘去
弹一曲古韵柔情
品一口甘露欢颜

瞬间滋润心房

甘甜
柔美
无穷无尽的恋
淡淡的香

晨曦中的向往

落花
怜悯
感叹人生
春寒雨变脸真的很无情

静思
徘徊
渴望猛烈的撞击
用雷与电的相遇

让阳光　河流　天地
宁静地休息

源头
梦里
选择一处安静的地方
把误在红尘里的半生
洗礼

春风几度
多少秋雨
无须抱怨叹息

功名
利益
无谓争来抢去

从哪里来
回哪里去

欢呼
跳跃
笑声、歌声、读书声
生活、信念，未来
晨曦中的向往

永不停步的阳光
无声

成功与放弃

小合作要放下态度
彼此尊重
大合作要放下利益
彼此平衡
一辈子的合作要放下性格
彼此成就

一味地索取
不懂付出
到最后两手空空

共同成长
才是生存之道

工作如此
爱情如此
婚姻如此
友谊如此
事业更是如此

最重要的是
任何合作都要懂得放弃
放弃也是成功

成熟觉悟

世界上
没有一成不变的事情
人生
也是一个蜕变成熟的过程

季节变换是自然的属性
不以人的意志思维而更替
小树在风雨中长成了
参天的栋梁

回头望望曾经无论风雨
还是天蓝日红
走过的路
心里有满足也有失落和疼

我不断告诫自己
每个人的命运不敢苟同
也曾想入非非
岂知难违命运

如今要改变自己
也不是件容易的事情
但大势所趋

还是尽人事知天命

我已步入甲子的年龄
人生已过滤掉了水分
用觉悟和智慧
一如既往地继续地抗争

错 过

错过童年
未错过嬉戏玩闹
错过读书
未错过学堂
继而也错过青年
然还未错过卷毛头喇叭裤
翘首等来的恋爱还未太懂
已到不惑

转身的光阴
未感到太多快乐
过期不候早已登门
心中的《二泉映月》还在回响
梦中牛郎织女早已相聚

错过
这么浅显的道理
错过就是错过了
总还觉得会有人摁响门铃
迟来的春会带些寒
还不晚
还会暖
会更暖

淡 然

一辈子很短
品尝过酸甜苦辣
经历的过往阅历
都是财富

用浪漫的诗意拥抱人生
感悟生命
炽烈的火焰
才能理解灰烬

回首往事
最高的幸福
应该是心灵的平静
做一个平凡而普通的人

即使衰老了
也是骄傲的
一生的耕耘
那是智慧的结晶

地平线

苍茫
望远
一眼望不到边
即使坐在飞机上也还是望不见
地平线
人间的浪漫好深好远
无论如何追
最终还会站在原点
黄土
青苗
笑翻天
想通了少年的理想
岁月在指尖轻盈辗转
实现
还是小屋、菜园、诗行间

家园
温暖
砖垒的院墙旁
细竹竿用绳子铁丝绑起
都成了界碑的线
铁丝的搭扣、生锈的锁

那公鸡伸着脖子护着院

甜美温馨的往事

在温柔的思绪里

喊一声封闭的忧伤

写一首旧时的感动

思念

回放

悔还是伤

人生的狂

遥远

瞬间

微风将夜幕缓缓地降临

云间还有些许的淡黄未曾散去

几个姑娘站或坐在河边

痴迷地看着高个的小伙侃侃而言

散步路过的白发奶奶羡慕地看

曾经

如今

几十年转瞬如烟

梦也甜

月还圆

心中都有割舍不去的缠绵

洁白

纯净

无论春夏

喜欢乳白色的马蹄莲
脱俗高雅淡香
硬朗还带点倔强
对望
遐想
眼眸中开出半扇窗
心到了
都是喜欢，都是香

放飞梦想

童年

希望

天真的浪漫从未错过

嬉戏玩闹还很洒脱

滚铁圈

打枣核

还把洗衣粉的水装进瓶子里

用扫帚上的小竹管

吹着梦幻

总想着能一直飘着飞翔

很远很高的地方

蓝色的美景

远方的天

砰

一脸的水花

破灭中的快乐

再来

继续

不言放弃

转身

光阴
错过读书
未错过学堂
继而浪过青年
然而未错过卷毛头喇叭裤
翘首等来的恋爱
情还未太懂
已扬起不惑的风帆

芳华
错过
这么浅显的道理
还未感到太多的幸福
过期不候早已登门
梦中的牛郎织女还在相聚
心中的《二泉映月》之音
那伤
泪还在滴

悲喜
嫩绿
古树的沧桑
枝空叶稀
树根的芽尖正努力崛起

珍惜
雨后的春有些暖

把青春的梦想捧起
冲出风雨

时光
还不晚
放飞
会更高更远

飞的梦想

小时候，新发的本先从背面撕起
一架飞机就成功了
满教室的人都在飞飞机
飞得高飞得远也是自豪的很
落在她桌上
成了无话不谈的好友

长大了，用报纸做飞机
纸有些软
做成战斗机
用力投掷
转了半圈后落在她头上
她微哭着用力又扔了回来
后来差点成了我的新娘

现在
和孙女玩纸飞机
用力甩出
再用力
想穿越时空
总感觉不稳定
有些晕机

该忘的都忘记

时光在走
我也在走
有些人走着走着就再也没了联系
有些人说了再见就再也不见

有些人的名字我已经忘了
有些人我却会永远记得
正如有的人
曾经是无话不说
最后是无话可说

有些事一别就是一辈子
一直没机会做
等有机会做了
却不想再做了

终究还是陌生了
特别是那些赊过银子的
永远忘掉和永远记住都一样
再也想不起和永不会想你差不多

还有那些借过情的
也忘个干净

无法还也还不清
有时还想
还是在春梦里
竹篮打水一场空

珍 惜

相互
惦记的叫感情
自个儿瞎惦记的
是痴情

生活
付出
得遇上感恩的人
真诚
得碰上有心的人
谦让
得面对珍惜你的人

明白好坏
知道好赖
懂得珍惜
信任
不是欠你
如果有一天
懒得理你
知道什么叫失去的意义

无论亲情
友情、爱情
珍惜
对你好的人

陪　伴

曾经
很多年前
一直想遇到一个喜欢的人
相爱永远
相伴终老
无数年后
才发觉追求是梦想
很难很难的事

多年后
相爱终老的人是否还喜欢
已不重要
陪伴才是很重要很重要的事
爱就是
那奉献的陪伴

花 语

溪水
山间
欢快热烈中用柔软抒情
尽情歌唱
水珠儿奔放地跳跃到河边
轻抚那蔷薇花的脸庞
黑蝴蝶、黄翅膀
长腿翩翩落花上
花香
蝶舞
希望与未来
在追梦中飞翔

朦胧
花丛
满山遍野的馨香
花的梦
蜜蜂、蝶情
花语岂能无人懂
花间舞来，花间行
蜂蜜甜、桂花酒
那是我飘香的永恒

不舍

星光

纯情的仙人球恋上月光

暗夜里

春来花艳独自香

不张扬

鲜艳悄悄来开放

是默默地奉献

痴恋那短暂的光芒

争与不争

都是品德的暗香

晨光

太阳

抚慰那失去的伤

柔风的凉

将一缕雅香带入心房

也许看惯了桃花梨花的满树辉煌

在灵魂深处带刺的花

那么一闪

清澈的痛感

更冷静

更清晰

艳丽虽短

但此生无遗憾

觉 悟

酒过三巡
豪情万丈
"可上九天揽月
可下五洋捉鳖"
兄弟如手足
女人如衣裳

醒后
吹牛的语言还在空中飘荡
有事
兄弟藏一边
患难
还是糟糠伴身旁

早年的阳光
已经变成晚霞
余晖里
枉然依着感想

论品德与修养

人生
嫉妒之心
几乎人人都有
只不过嫉妒心有大有小
有人善于控制
引导　疏导
有人任由其发展
任由发展的
最后基本也没有什么好结果

王阳明心学讲"去除心中贼"
其中就包括羡慕嫉妒
根除嫉妒
锻炼强大的内心
不被外力所左右
如看文字学习
才能更好地把握自己的人生

慢慢修行

雪地上留下了脚印
没有任何准备
梦中你悄悄问我
过往是否在缝合

醒后去寻踪
消逝成一串泥泞
分不清谁的践踏
只有遍地凄凉

伤易复愈难
阳光可以作证
尽管乌云几度作祟
那冷却成冰的寒
能否可以羽化呈祥

真想爬进雪中
静听春风松土
在那消融中变成泥水
一路一步步地成长

我用尽力气呼出胸中的垢气

大口呼吸清新的凉
漂泊中
漫长的修行之路

慢走的年盼春雨

年的脚步
在渐稀的祝福声里远去
带走冬的寒意
火红的气氛里
春意喜气盎然

笑着等一场春雨
盼望春风带来
那淅淅沥沥
能润泽万物的精灵
把所有新年耕耘的梦想滋润

雨露在那枯干的枝头
就会有千万朵希望诞生
在等待里
只要有春的雨滴
就开放成一树春诗
枝芽里透出情意
树尖上吟唱爱歌
一枝枝芬芳
一行行美丽

惜春的人
春雨里耕种勤奋
用笔砚种下一粒粒籽
吐露希望的芽
定会萌动诗意

每个人心中
有自己梦想的模样
默默耕耘
只等一场春雨
守候成功的花期

春风春雨
等你

偶感世态

繁华落尽红尘怨
世态炎凉叹古今
人生浮沉无定数
六府影邪夕阳轻

情 殇

我去了
希望你生活美满幸福
是初次遇你的希望
几年来
虽也一直努力
可能带给过你幸福
也曾带给过快乐
更不愿带给你痛苦

回首往事
曾两情相悦
为你倾心所能
七年之殇
情也尚存
每每相见
均与尚存相关

君久日不见
终无思念
深感苦中无念
生活现实
温情无从

如爱应让你变成温柔女人
还是

看到现在的状态和状况
深表痛心与无奈
情可有
也可无
想是痛和苦
念是曾有过的难舍难分
梦时多情
醒时多愁

看往事
情愁爱恨
今朝七载
为爱而别
念君幸福长久
吾为情而误君终生

再者
两情不能相悦
苦痛长
悦者短
相念相思渐淡
与其苦痛和快乐相比
苦痛愁占其十之七八
意义已无

在外游荡多年
落叶归根
君者乐乐多年
渐感内者亏欠太多
吾曾内心相较
相差渐远
然还不可或无须补救
然心需安
应君之事
君可安

我已不惑之年
身体尚安
然久必连累君
身外之物
无须留存
只求心情愉悦
乐游大千世界之貌美华丽
享人间之温从精神快乐
久之
如若偶见
尚也心安
我也得安

追 求

人生
是一场旅程
活着就是奇迹
这短短的一生
友情、爱情、亲情
我们最终都会远去
我们就大胆一些
爱一个人
攀一座山
追一个梦
追求实现梦想

于是
我们再大胆一些
许多事
我们都不了解
很多问题
也没有答案
但我们应相信
上天给我们生命
一定是为了让我们充满奇迹
创造奇迹

人　生

少女只恨秋来早
细雨更添午夜寒
辗转难眠谁与伴
秋叶满地随风卷
老友歌声优在耳
冷清孤舍六府前
笑看人生苦乐多
纯真飞到天命前

人生感悟

去年冬
今年冬
寒中人家乐复忧
雪在空中走

这个官
那个官
转来转去多少年
五线变六线

今也愁
明也愁
人生能有几回首
不觉白了头

与这争
与那争
红尘凡事都在争
最后把命丢

笑谈时间

人生
曾经翘首企盼的
如今都在眼前
曾经熟视无睹的
如今倍感亲切

曾经信誓旦旦的
如今都成笑谈
天命之年
各自成欢
时间是一把戳穿虚伪的刀
它会验证谎言

时间也验证了友情真爱
做问心无愧的人
听从命运的安排
为未来美好的希望
勇敢向前

人生至秋

曾经
我们心灵深处
当我们回想
真的情我们付出
还得到过爱和暖

酒一壶
寻山丘
纵论往事兴与愁
几好友
诗兴游
自拾闲趣竹菊秋

古城上党技绝山
远山近河府塔鲜
人生至秋淡泊留
不惹功名爱恨丢

善意善行

人世间
我们和你们
还有很多很多的人
心中有善意和需要爱的人
或经历苦难和落难的时候
在无助时
总会想到
上天是否公平
并祈求观音保佑平安

世上的信徒众生
都叩拜在你的脚下
虔诚地在你面前
乞求修得善身善果
企盼希望得到你的甘露滋润
解脱那苦难的人生
并保佑他们的父母妻儿子孙

我们都有美好的向往
希望生活幸福身体健康
都愿意尽自己的力量献出爱心
做一些有益的公益活动

去帮助贫困中那无助的人
来共同承受并分担些苦难
做些力所能及的友爱善事

这么多有善心和大爱的人
不论出生贫贱
不论富贵高低
不分男女与年龄
都在做着为那正能量发光的事情

中堂上的滴水观音慈祥
南海的多面观音微笑
都是心中的佛
救苦救难
法力无边
可有多少人知道
在你身边还有很多平凡的人
行着公益善举
做着大孝大爱善行

观音给我们树立了一个善身
更应该说是一种救人于苦难的一种精神
看着穿梭忙碌的人群
只要心中有善有爱
"不以善小而不为
不以恶小而为之"

你我他
处处是修行

天命之年

岁月
给谁也不留一点儿面子
死拉硬拽地被拖到天命之年
望见甲子
心还在童年
看着身边十八九岁的小姑娘小伙子
也开始说起
我是老人家
步入天命之年是多么的不情愿

总觉得年轻还没过够
无奈
青春的尾巴都看不见
还好
笑笑对自己说
有个年轻的心态

回首
似乎穿越了时空
做梦一般过了几十年
有过幸福纯真
有过悲欢离合

也有酸甜苦辣
还有到现在都在的那颗善良的心

天命之年
真的离不惑很远了
抓紧时间疯狂吧
再不疯狂就老了
不
是再不疯狂也老了

只要心情愉悦
便会春暖花开

往事云烟

往事
就是一首长诗
铭刻在记忆的空间
用生命组成的诗行
不时地泛起年轮的波澜

它记载着以往的岁月
平凡的经历
如一部长卷
这儿
有喜怒哀乐
酸甜苦辣
是普通而平凡的生活

岁月的成长
放下一切烦恼和不快
每天都要充满阳光和笑脸
追求的名利地位财富
都是人生进程中的过往云烟

和爱的人一起
保持健康愉悦心态

用年轻的心和思想
诗写包容奉献
快乐地
走向人生的彼岸

往事自知

有些书
不想看
因能看到前情往事
有些歌不忍听
因歌词暗合前情
有些话不想说
因片语勾起旧事
有些路不愿走
因难免重忆前思

阅历
并非滔滔不绝
纵横南北
而是
话在嘴边
终于沉默
真正走进了心灵最深处的故事
无力言说
回不去的晴朗时光
念不尽的往事回忆

如今独看云过

能做到的只能尽力
以铜为鉴
可以正衣冠
调整心态
做到知足常乐而已

往事不言
心中自知

悟 心

陪你的人
因暖心而情义交换
离不开

懂你的人
因疼惜而无可取代
不离开

其实幸福的人
不是拿到了世上最好的东西
而是珍惜了
已经拥有的人

无论多么美好的未来
珍惜真实的生活最好

希望与幻想

我们
对未来充满希望
但不要对未来充满幻想

我们
总是对未来充满希望
但不要因对未来充满希望
而放弃
现在真实的生活

无论
多么美好的未来
最后都会体现在生活中的现实
所以感受现实
享受生活
把握真实的现实生活最好

想对自己说

想对自己说
真诚和善良
是你最大的弱点
心和心靠得再近
也是两颗心

想对自己说
美丽的瞬间值得珍惜
但别珍藏
太久了心会累

想对自己说
你献出后得到的是非议
你喝的咖啡
没有人加糖

悟　缘

人生相逢缘一场
何须计较论短长
一生荣辱穿肠过
侯门兴衰易反掌

桃源兄弟三结义
天庭姐妹七仙女
古往今来多少事
轻描淡写乐无常

珍　惜

一辈子
真的好快好短
有多少人
说好了
要过一辈子
可走着走着
就剩下了曾经

又有多少人
说好了
要做一辈子的朋友
可转身就成为
最熟悉的陌生人
有的明明说好明日再见
可醒来已是天各一方

所以
趁我们都还健康
爱时就好好珍惜
拥抱时就尽情拥抱
牵手时就不要轻易放开

人与事
不要做翻脸比翻书还快

互相理解
才是真正的人生
不要
留下太多的遗憾
也许一转身
就是
一生

做人与过年和压祟

祝福中
又增长了一岁
几十年的风雨
过年已成熟得想忘记

总有人
一直提醒过年这个关
要全家团聚在一起
来驱赶这个祟

贴红对子和门神
在夜里挂红灯笼
把动静整得再大些
放两挂鞭炮
让年滚得更远一些

所有人
都有了平安顺利、吉祥如意
家在传承的文化中
用亲情联系
学会祝福吉祥与做人的道理

做人

无须太多的财富
无论成败
百善孝为先
务必记住父母的养育之恩

成而不骄
败而不馁
学历不代表修养
孝顺才是品质根本
把民族传统
儒家文化牢记

新的一年
无论做什么
坚持和永恒是一辈子的修为
必须爱国爱家爱己
想努力飞得高远
必须自信自强自立

行走社会
尊老爱幼
不骗不欺
感恩母亲
说吃亏是福
做事要互惠互利

周而复治的年

总是让人期盼又恐慌
努力进取
漫漫人生路
脚踏实地慢慢走

沉淀的岁月爱意浓

羡慕
长木椅上相互紧靠的臂膀
手牵手的爱意
相依、温馨
沉淀的酒香飘风里
竹节、拐棍
略带缓慢的步伐
相遇、相扶
继续着人生晚霞的艳丽

守望
奇迹
一世坚守的情缘
就是那写不完的尘恋
像一张张的诗稿
沉淀
积聚成万言长卷
相守的见证
蛋糕真甜

君初见
心中颤

小兔儿蹦跳到河边
春柳遥望河对岸
花絮暖
飞过河床溶成仙
云淡风轻
轻摇秋千
人间
荡走夕阳思春意

相伴
呵护
将时光珍惜藏起
眼眸中的柔光继续
煮一壶清茶
温存一杯惬意
未来的日月
花香茶香
飘起

抹去的泪有痕

晨雾
多情
蒙住阳光的眼
挑逗太阳
痴情露水珠儿
亲吻丽人的眉尖
凝成温柔冰花、雪白星光
凭栏望、寒露着霜
撩开风花雪月的衣裳

纯真
狂放
云烟丝丝荡漾
读往昔
推开日月的窗
沉醉中醒来
懵懂的少年双鬓已染霜

轻抚
秋叶
雨点向寒风感伤
跳动一生的舞曲

是秋风葬送了凄凉
丢下暖意、浪漫芬芳
变幻成漫天飞舞的晶莹
用洒脱的温柔
将世界涂白
把风雨的泪痕掩埋

嬉笑
打闹
看那少女把浪漫的泪捏成团
扔向远方
你疼吗
被冻伤的泪
还有抹不去的痕

秋霜暖不了冬

秋雨

滴落

一片嫩叶多情

依偎风雨躲避寒冷

曾经的初春

时光写满了柔风

春风许下的柔情

被那秋雨放在冷库冰冻

纯真成为永恒

冷落、持久、凝聚成坚硬的冰

萤火虫之光再亮

暖不了冬

沉默

坚韧

不屈的晶莹

那是一冬的风骚

烛光、朦胧、忘记被冻伤的疼

在红酒中碰撞摇摆

清脆的精灵悦耳

透骨清醒

惆怅的秋寒

洒落一地的疯话
疯语聚在一起憨笑
虚假的聪明
残叶，翻滚
无奈寒风卷
角落避风寒

惧怕
梦想
藏着心计睡觉
忘却清醒的煎熬
过去的燃烧
断裂的炉条
那锈死的锁
炉火、洗礼
蓝火苗

握紧流失的沙

一抹
残霞
掉进天那边的温柔
塌陷的暗黑深沉
莺追梦、博黄昏
掩饰情缘
云烟的灿烂
呼唤而起的月牙朦胧
偷哭、放纵
洒下的泪滴
凝聚成呼喊的诗句
醉在往昔的风里
沉寂、时光空留迹
听雨、听风
一个红柿挂半空
你独我孤秋霜里

遗憾
心飞
松手也是远望的奉献
曾经完美的红伞
寒风雨点从破洞中哭喊

吹走那承诺的纯真很远
徘徊、坎坷、追逐的未来
重归大海博浪尖
铃音、谎言
微笑的虚伪冷中带嗲
秋黄惹霜寒
轻风、发舞、纱巾围笑脸
这片天或许暖

朦胧醉在咖啡中

朦胧
红灯
纱影醉在咖啡缠绵中
旋转的岁月晕
苦涩的多情嫩
腾起的梦
烟雨凝望星光
柔和、相拥、寻觅背后的笑声
帘卷、春意浓、
风从容、回眸一笑、雪中裹佳人
梦中挽手冬夏春
咖啡半杯纯

静品
苦香
凝望散去的翩翩云雾
逍遥任意缠灯红
灯下的影子疲惫
思绪轻盈飞
将心捧起举过头顶
看吧，这就是鲜红的真
灵魂、精灵，红色的血路

透支的善良积蓄

修长的泪

将红尘离恨

一并吞噬

咖啡不太苦

残红、浮尘

夜半的灯

静听心响

弦月
如歌
用淡雅的柔光丈量着风情
如画的云雾相拥
我、不知为何走进了你的风里
偷看了你
容颜、惊艳风中的雅静
用手轻抚你温顺的长发飘逸

窗边
静坐
那被热水亲吻的手微红
雨落窗外
指尖在窗上热气中画一波小河
人生、一杯热茶、青春的歌
细品眼眸中的灵魂
等，去等那杯中的苦涩卸妆
或许回甘的甜美
是数十年
数十年后的懂

我的心，等不起

思绪早已跑到门外
静听远方期盼的相遇
宁静、不语，冬日里开放的菊花
菊正傲，余香蓄
吻娇羞，把心跳丢进月光里
也许这杯茶很苦
能读懂这浅淡的芳华
用一生的沉淀
才能泡出香甜

守一地金黄

深秋

深情

残缺的芦花飘飞到河岸边

同岁月的红尘别离

远去的唯美柔情

贞节的门楼，古老而又沧桑

欠你

欠你一首诗

笔锋下的记忆，春和雨

往昔留在花茎春的梦里

风起

变幻起舞的你

向往彩虹

时光短暂，却恋那飞翔的自由

北方

水城

远望，一舟湖中游

高大的古楼、古碑，不惧霜风扰

一粒种子，土地生根

人间，心中，长成历史

小米，瓜子，吴阁老
这片土地，不会迷路
心底燃烧着美好的向往
摇黄穗，读飘香
那沟沟坎坎的纯真
晨光、夕阳
守一地金黄

流 星

静思
默想
温柔写进沉默
轻挽一缕流逝的欢歌
狂妄，那静守下的灵魂
将一树杏果用力摇晃
神经质的恩赐
愚蠢的伤

空灵
闪烁
望见流星的闪光
奔去，想接住流逝的岁月
滚烫的火，燃烧了一夜胸膛

呻吟
挣扎
走丢了的芳华
缠绵
几许痴狂
头枕流星的火焰
笑，燃尽的辉煌

笔砚述说

折断了多少根笔尖
写空了无数支心血
感觉手指间流动的音符
总是不够凄婉
再也没有那夜的月光
因为那夜月亮没有泪伤

笔砚不嫌弃你憔悴
不会怨你笔重墨轻
你也不嫌弃笔砚衰老
如果可以这样相依为命
何必让砚边上的垂柳
婆娑浸透湿润出无数个春秋

斗转星移
记载悲欢沧桑的日记
经不起无数次的刻画、点戳
满身伤痕地哭泣

我抱着发呆的灵魂
心和月
对坐谈禅

从初亏到月满
日子
无非是时缺与时圆

笔砚，你与我一起入眠
文房四宝再续
新词新梦
再起

畅想的明天

近日

失眠

梦中的幻想浮现

秋夜里

凉爽雨

似乎撞见往昔

不愿提

心结的距离

烦躁

浮躁

想捡起青春

芳华错失的过去

苦伴着甜蜜

也许

心里

想那唱过的歌

还想起

曾经追逐的你

或有心灵感应

点滴露水情

发浪的细语

看不见的电波变成文字

感动、感慨
关怀在偶遇的长空传递
思前想后的利弊
删去

或者
失去
泪珠无语
如烟的岁月无奈
化作伤心的雨
滴落在七夕的玫瑰花里
想放弃
岁月的痕迹权衡得失
失望、酸楚
还有暖心的语
也许还是空话
一厢情愿的自恋空许

实际
太苦
伴着失望伴梦里
或许得不到
想念与梦幻的
才是难忘的七夕

世界很公平
有得到必有失去

成　长

稻田
秧苗
相互尊重
保持一定距离
才能成长

心与心
跳动的音符一样
相隔不远
热情似火
却很难靠近

金钱
来与去
沧桑碾过青春
再努力相伴
也不会与你谈忠诚

情
得到易
而放下二字难养
进入围城
看似浪漫唯美
一旦捧起就知道有多疼

画在心里

在身边
好多的日子都是陌生的
我的思念和我的牵挂
伴着暮色里的灯火
慢慢地燃烧着
一点一点地
消失在年轮里

还没等晾干青春浪漫的衣裳
风卷残雪的冬天就来了
听北风偷偷窜进我的衣领
寒冷使我的眼角流淌着
记忆向往美好的泪

在有花园落叶的路边
看着雪中互仍雪球而奔跑的青年
发自心里的声音感慨
年轻真美

迈着人生坚实的脚步
一阵久违的感觉
那是曾经青年时期创业奋斗的地方

是欢歌笑语留存永久的一缕阳光
在和我诉说
那二角七加半斤粮票的一包饼干
香脆甜美的味道至今难以忘怀

我的思绪已无处躲藏
用淡然平静的中年
笑看自己雪中走过的脚印
不是每一个笑声里都是欢乐
也不是每一滴泪里都有忧伤

站在蓬松的雪地上
轻轻用力把头发上的雪花拍掉
看着雪中深浅不一的痕迹
那一生的路
正在被下着的雪花
淹没覆盖所有的眼神和叹息
留下那美好青春
美景将永远画在心里

回望岸边

黄昏

挂黑

裹着一天天的轮回往返

青年跌跌撞撞

不由自主地闯入晚霞

雨后的彩虹

夜色很凉

不甘寂寞

不服那登高的山峦艰难

步履苍茫

念少年飞步峰边险

绝境处

手攀岩

轻巧已度数十年

闹市

桥边

路上车流的灯光很亮

给静谧的夜晚增加了温暖希望

念想

总会在不经意间想起

雨点掉落头上

滴落
瞬间
辗转在人生的站台
饱经风霜的心已疲惫
虚度了流年
风吹雨打的墙

望远
红伞
心头荡漾着初识的暖意
飞速而过一现的缘
心头熟悉的背影
编织了回眸的笑脸
曾经的星星月亮
灿烂辉煌
千头万绪系着牵挂
回放久久的甜

音乐
慢放
地上的空酒瓶流淌着苦涩
夜深人静的小房还播放着忧伤

心中不干的泪
早已伤了心房
如果有来生选择
远望

更愿静静停在岸边

轻移目光

沙滩

海风

还有卷起的浪

生　活

我
一生都在跋涉
在生命之途中爬山过河
不知要品尝多少苦甜酸辣
崎岖的路上还要不断地求索

生老病死
喜怒哀乐
是生命这部书必翻的一页
只有从容
才能认真地面对
就会找到通往快乐坦途之辙

我
就是世间匆匆的过客
有限的生命中
功名利禄
金钱美色
都是虚幻中的风花雪月

生活
是很艰难的历程

在前行的路上要无畏地超越
它真实地彰显了人的本性
只有笑对跋涉
才能拥有真正的快乐

珍惜珍重

人与人
相识的时候
总是把人生
最好的一面
呈现给对方
久了
不如意
渐渐显露出来
如果对方
把你看透了
却依然不离不弃，
那就是真心
你的脾气和行为
让很多人离你远去
但会留下最真的人

时间
最好的真理标准
留下来的就是
相互适应的有缘人
唯有珍惜
才会长久

无论爱情
还是友情、亲情
不去相互交心
都会形同路人，
我和你
人与人
且行且珍惜

永难负爱

爱和多情无关

常常写到爱
在每一个诗行里
一行行一页页的
都是为了爱
才播种下那么多的爱意
这些文字
长成温暖的爱
像一条条无形的藤
再经过千年的偶遇
变成缘分
把素不相识的人连成知己
缠绕成知音

这爱和风月无关
只是一种彼此的默契和相通
是相互的心
交流的惬意
是共同的情趣
产生的关怀和爱意
如姐妹兄弟
像朋友
更像是认识了好多年的亲人

闲暇的时候
总会想起这些爱的影子和眼神
或远或近
从青年到现在
总在需要的时候关心并支持着我

让我心底涌起的暖流
化成一首首爱的诗歌

给你
给我
给予我爱的
和爱我的人们

爱还在前行的路上

初次
相遇
双眸相触
碰撞出火花

喜欢
欢喜
那一言一行
那一动一静
含情脉脉的温柔眼睛
还有如玉般清澈透明冰清玉洁的神情

爱恋
你如一弯海景
"云想衣裳花想容"
少要思情恋为春
一见钟情
从此发芽生根
情没有原因
爱没有理由和理性

迷恋

让世间一切
均不存在
相知
相恋
都将在为空白的一页纸
书写心中的甜蜜美好
画出白天鹅那忠贞不渝的爱情

不离不弃
更成为爱的经典
瞬间
数年
爱还在初恋
情已成永恒

爱就让她幸福
是永恒的责任

轻拿一朵永不凋谢的玫瑰
片片叶叶之间那血红的誓言
用一生的温柔来散发飘香
融合
融化
呵护那永远的爱恋
让那爱情
永远永远
都在前行的路上

爱 情

我若信你
不如信这逝去的誓言
我若信这逝去的誓言
不如信这流飞的岁月
我若信这流飞的岁月
不如信这天上的明月
我若信这天上的明月
不如信这世间的沧桑

爱是否足够

"酒"
三个点都在向外洒着
喝得太过
不洒一点
伤身害己就会梦想成真

"人"
一撇一捺
是相互的支撑
爱一个人
说不出理由
一个眼神
一点心动
足够

醉酒后
应洒的酒都喝了
多喝了一点多情
多喝了一点爱意
没有理由
酒后的爱情
少了一点足够

爱是什么

曾经
有人问
失去的东西回来还要吗
我说要
但真正失去的情是回不来的
我赞同
我曾经丢了一粒扣子
当时急得想要赶紧找到它
后来偶然等到找回那粒扣子时
已经换了新的衣服

爱情
亲情
有情人
人与人之间没有谁离不开谁
只有谁更珍惜谁
只有谁更爱惜谁
一个转身
二个世界
一生之中能有一个人非常爱你疼你
牵挂你的人
这就是幸福

什么是爱

你爱的人

你献出对他的爱

让他幸福

让他无忧无虑地快乐生活

所以

爱是人生皆回忆

且行且珍惜

献给心中永远有爱的人

放不下

让人想不开
放不下
看不透
忘不了的
除了爱情
还是爱情
即有想象中的浪漫
又有烦恼和纠缠
那种痛和幸福并存着
最精彩、最深刻、最难忘

爱情
让人笑着笑着就哭了
哭着哭着感觉很痛了
痛着痛着就散了
然后老死天涯不相往来
所以永远不要去评论别人

爱情
你永远不知道
它的情为谁起
它的心为谁孤寂

绝　恋

奔忙
慌张
快入冬的深秋很凉
暗夜的天空苍茫
九十岁的爷爷夜里病了
睡前还健康

惦念
相扶
记忆中的你们
总是一起来一起走
很让人羡慕
奶奶很是自豪
调侃地说
他比我小三岁
是我小弟弟

寒苦
不易
困难的年代
时光也饥饿着寒
大雨滂沱的路口

奶奶将出门干活的爷爷叫住
将舍不得吃的半块窝头包起
强塞在
爷爷手中

温暖
柔情
照片上的爷爷很英俊
穿着工作服的他战天斗地
奶奶勤劳地带着几个儿女
很晚还要给爷爷缝补
就那一件
洗得发白的
外穿的衣

紧张
无眠
思念早已穿越了空间
长久的相伴
心也多了几许凌乱
多了迷茫的痴
多了眼中的慌
放在那桌上的饭菜都换了很多遍
也许奶奶有预感
不语不言

悲伤

痛苦
眼泪告诉我
天堂的大门敞开
淡淡的香点燃
飘向云间

情深
绝恋

看不明白的爱
想不到的恋
奶奶也跟随着走了
您和爷爷只差了三天
走时您手上
还拿着两人的照片

痛也寒
情感天
追梦去
幸福久久还相聚

一生的陪伴
无尽的爱
永远
永远 ......

相伴的路

冬至
一年中最短的白天
寒风吹过的夜里
风中偶尔能闻到饺子的香味
我独自行走在历经沧桑的路
一条弯弯的石子河
几处人家
依稀的灯火
孩童天真的笑声

几片绿叶
顽强地在寒风中支撑着春天
河上的冰还有那丽人大红的外套
掠过夜的黑
裹着一段熟悉的音乐
一首歌
我要陪你一起变老
就醉了一条路
变硬了一条河

年轻时
就因为多说了一句话

从早到晚多了双筷子
所有的节日都过在了一起
从此
再没提贫穷和富有

牵 挂

一生
遇到一个对的人
遇到一颗想要的心
缘一旦遇见
珍惜永远

一个人
是孤独的
两个人是温暖的
生命的旅途有你走过
有情有念
幸福永远

一个人的时候
慢慢回想
静想他的眼神
直到从那双眼睛里
寻找到往日的思念

生命里
注定有一份爱
留给一个人的远方

缘分
永远不可触及
却是我思念里的情

喜欢
一颗朴素的心
爱一首刺心和玫瑰
我憧憬着
一个能有
你歌唱的未来

多想和你
化作两朵小花
在清风飘逸的秋天
相恋地开
相拥地落

我的俯首是你
你的抬首是我
青春时的恋情
希望能有个和我花前月下的女孩

中年时候的爱情
是希望
有个陪我读书的女子
我在她的心就在
她的灵魂就在

时间
永远也回不来
却永远都走不掉
爱情里美好的地方
就是从没有达到
永远
有向往和期许
却在心底和你默默期许了一生的地方

如果有一天

如果有一天
我不得不离开
我会让心中的玫瑰花
陪你闻香
伴你开放

如果有一天
你离我而去
我的心会顺着你远去的方向
默默地祝福你
幸福安康

如果有一天
我们渐渐疏远淡忘
我会让我的思念静想
让我的心里
是你我记忆永恒的回响

如果有一天
你我相扶走在路上
花白的头发
红木的拐杖

爱意透过眼睛还是温柔端庄

爱情之路

远方

我的心

你好
我爱你
对不起
再见

无奈
我的心
行走在这静谧寂寥的夜
任由黑暗吞噬我
踉踉跄跄的脚步
相思的情
在这皓邈的夜
任由无边空旷的风
摇曳着这孤寂的情

逝去的青涩的春
难以忘却
爱过恨过的往事
那景
如影随形
如秋风中的花
就要枯萎凋零

拾起扔进风雨中的思念
继续欣赏
这沿途的风景
在这荒芜的废弃林中
淹没了踪影

在滚滚的红尘里
谁是谁的罗子君
谁又是谁的贺涵
我努力地去珍惜
平和的时光
还有时光里流逝的
爱与岁月

拥 有

爱若像溪水一样长久
我愿放弃追求
爱若可以把美丽停留
宁愿不曾拥有
爱你若能
写在诗里
绘在画里
将永久篆刻在我的心头

爱若可以常相思
我甘愿不说出口
爱倘若没有遗憾
我只想默默欣赏你
风采依旧

虽然
牵你的手
虽然睡梦中也幸福泪流
依然愿意
醉饮狂酒

远处

回眸

让记忆的内存

留下醉美的舒眸

今生爱你

别无所求

永恒的爱情

月亮
低下了头
留下了些许弯月
整座城市都睡了
静静的小河诉说当年
俩人牵手的誓言

当年
府塔还没建起
送你路上的眼神
懂了七夕的情

当年
在风雨中等你
雨打湿我的衣衫
还在原地傻傻等你

当年
不懂得浪漫
但心里有彼此
就无畏风雨

现在
你是这首诗的标点符号
是这首诗的字字句句
更是这首诗的永恒主题

生活与恋情
写成诗意
青春送你
曾经难忘的过去

真 爱

付出过真爱
无愧于心
知道吗
苍天作证
经历过磨难的爱情
才是真爱情

多年风雨
哭过笑过
拥抱过
然而渡过
终于
在相互伤害中
真正尝到爱情的果实
甜蜜
慢慢度过

以往的过去

挡风遮雨
是对伤心的雨的责任

把你捧在手中
含在口里
记在心里

既然
爱是你我
把全部的重量托付给了我
我将永远怀念昨天

以往的过去
思念包容我们，在乎
同时也会得到相互永远的尊重

真诚的付出
是和花无语相爱的最佳方式

学会感恩
学会付出
学会包容
学会担当

当男人担起责任像山一样雄伟
女人是水一般温顺柔情
是我内心
希望和愿望

把一切烦恼和过去都丢掉
在爱情的世界里树立坚不可摧的信念

在充满爱情的花丛中
享受爱的伟大和美好
让我们共同
画上完美的句号

在这里

总有一天
会发现
你不再需要
轰轰烈烈的爱情

你想要的
只是一个
相互舍不得的陪伴

冷的时候
会给你披一件外套
胃痛的时候
会给你去拿暖水袋买药

难过伤心的时候
会轻轻地摸抚你的头
一直在你身边
陪你走过每一段路

不是整天把我爱你
挂在嘴边
而当你遇到困难时
是实实在在的一句

不怕
我在

红伞下暖意浓

浓雾
流浪
疯狂地与寒雨相拥
柔情的碰撞
将云帘放下
铺洒在地上
迷茫这燃烧的晨
轻吹一口
丝雨轻抚寒冬
静等雪花的晶莹，风情
裹尘埃，藏起疲惫的沧桑
约雪花禅坐梅枝下修行
用心倾听
花开蝶飞来

寄语
轻盈
双手托着落下的飞舞
温柔的你瞬间哭成了泪人
把你的暗语告我
远方，任性
那冰寒的刀锋举过头顶

回眸一笑，崎岖路
一片残叶卷红尘，风过的殇
寒意浓，感叹梦难穷
抬头观苍茫
接飞雪，戏人生
一顶红伞挡寒风

喊声
元宵
锅中热浪卷翻腾
雪花落入溶成暖，无踪痕
品团圆，远望一色雪连天
银光灯下闪
千层雪雾深
这边暖

爱的故事

微笑
拥抱你给过的一切
远远地看
爱着你的时光
甜蜜还不远

你的世界我曾经来过
如果
有一天
我不能继续再爱你
也不想去伤害你

为一个人去想念
那需要有勇气
今生
那爱的土壤下面
已经埋藏了你的名字

为一个人将甜蜜爱尽
将他默默地
放置在身后的岁月
那爱着的人和爱着的心

成为人生驿站里

一个无法忘怀的
渐远还继续的故事

春快来了

失忆
或许是爱情最后的完美
顽强坚守的情念
等不到花开春暖
颠覆了梦想的曾经
还优雅得故作姿态

倘若
厌倦了
我也和你一样
没谱无份
我这里还为你留了一扇门
鼓起勇气
迈过去
放下灵魂背负的梦幻
几番苦痛的纠缠
让即将到来的寒冷风雪
再疯狂猛烈
春天
不会太远
静等春风吹残叶
冬去春又来

等我老了

等我老了
我会为你写诗
主要是情诗
偶尔写写哲理诗
那是因为怕你的脑子坏了

等我老了
我会为你做好吃的
煮一个鸡蛋
炒大大一盘土豆片
还有香香的小米饭

等我老了
我会拉着你的手
去海边看日落
走草原看彩虹
还把天鹅湖的米酒当水喝

等我老了
我会忘了世界上所有的事
却会记得那个
有浪漫夏天的七月

还有我们再也退不回去的
春天

故乡咏歌

古城上党元宵节

家乡的锣鼓声
敲击着心房
心跳的频率
和着歌舞上下跌宕

红旗飘扬
从那远方走来
抗大分校
圣地
革命的摇篮
培养出的革命者
推翻了旧的世界
那继承了未来的
小八路紧跟在后
更是我们民族未来的希望
未来成长中的接班人
靠你们来支撑

从远方走来
来自县乡镇村
更来自家家户户
通过你们精彩的演出

把几百年的历史文化回顾
展现出了传承的文化遗产连偶戏
跳跃舞蹈的潇洒美丽

越过历史沧桑
从古老的历史走来
强势的中国巨龙舞动着火红的未来
发展振兴的中华民族
将走向文明辉煌

腰鼓起舞庆丰年
旱船彩车摇动振城乡
秧歌扭
扭秧歌
起舞在上党的大街小巷

彩灯圆圆
歌声嘹亮
民间唢呐吹响在幸福喜悦的脸上
音乐喷泉
彩灯亮在树上
盛世前景，希望
在中华大地上飞扬

民风淳朴的潞洲
我深深爱恋的家乡
生我养我的土地

还有那读书上学的学堂
看着碗中的元宵
望着已无法再继续行孝的远方
深情的爱恋
亲人
六府塔
小河小桥
还有那雅致恬静的老房

河 恋

还是那个表情
还是那个景
在离我不远的地方
石子河边的草、树木
异形残缺的条石
都在等我
心的春
去年的笑声似乎还在意境中
只是少了一些春的雪花
和那正月十五雪打灯的
浪漫风情

我身上的雪
早已经融化
变成寒
浸进心里
和那些痛流进河水
在清澈间翻滚
轻轻呻吟

家乡的河
流了好多好多年

记不得是从哪一天开始
让我爱上了你
每天伴在你身边谈情
还不时用手去抚摸你那清澈的面容

厮守在你身边的成长
让脚下的河路越发蜿蜒美丽
也让这条河越发的宽容温暖

想给你一些眼泪
和你说说关于漂泊
关于沧桑
关于那险峰急流的故事

离你不远的地方
我倚窗而望
你的宽容
你的默默无语
浸透着我的心房

陪着我的安详静思
我的心情
就让我永远恋着你
牵着你的手吧
把爱与泪全都倾诉给你
你用容纳万物的广阔胸怀
在春天来了的时候

将大地的万物滋润养育

小河
我一生的陪伴
我不想再提那三个字
因为
你已永远在我心里

记忆中的槐树花很甜

难忘
困难
小时候
窗外是树林一片
很高的树荫遮住了窗外的光线
天刚蒙蒙亮
鸟就开始乱喳喳地叫喊
很恼火很烦

尖刺
叶片
槐树长得很高
树干上刺还很尖
叶子长串扁圆
玩耍时将成串的叶子摘下
在路边
数唱着"一二三四五，
上山打老虎"的童谣
那么天真烂漫

攀高
摘取

花开的季节
诱人的芬芳
秀萌的槐花如小葡萄，串串飘香
白花黄蕊，荡在空中随风摇摆
贪吃
去攀墙登高
把墙顶的砖头扒落
掉在头上
砸了个很大的包

甜花
粗面
水煮笼蒸忙半天
一大盆的槐花和少许玉米面
做成了饭
不好吃
难咽
后来生炸腮
成了大胖脸
无奈
那时都艰难

眼馋
偷笑
邻居家的小女孩
看我吃着甜
就用手上的白面换了一换

被我几口就吃得见了天
听见女孩母亲在埋怨
后来
那面的口感嫩滑
我想着那香
都兴奋了很多天

槐树
槐花
伴我成长的童年
那渗透在青春年华的岁月
是我难忘的怀念
刺扎
裤破
还炫耀
骑在墙头上的甜

瞬间
数年
记忆中的槐花还是那样甜
怀念少年时的开心时光
永不忘记
刻在心中的快乐童年……

金黄色的缠绵

黄土地

山坡间

岁月留下痕迹的沟坎，润圆

沙碌石被砌成坳背

用肩支起那山坡的脊梁

顶着那小块坡地的田

不规则的角落

方圆与长条都努力地争夺着贫瘠的空间

放眼望去

金黄片片耀眼

谷子

小米

养育生命的源泉

颗颗粒粒都带着香甜

米粒黄

水中缠

点点滴滴在炽热的翻滚中溶成了爱恋

在热恋中倾诉

永不分离

寒相抱

热相拥

相互用永恒表白
用行动代表着誓言
佳人的最爱
难舍的爱意情怀

穗儿弯
粒饱满
炫耀的青春
要懂得感恩
默默奉献的谷根艰难
养育之恩的土地
数落告诫着苍白的心田
故乡、母亲、米饭
忘记就是背叛

清风唱
润心间
风也含笑深吻田
缠绵金黄仙人界
无悔
无怨
浅浅一笑
粒粒变成金色的仙

清晨阳光

想去
拥抱
清晨第一缕阳光
这束光温暖
含有爱浪

黄鹂鸟在树杈上歌唱
去晒那被晨露打湿的翅膀
水珠儿在未开的花朵和叶片上集聚
上学的孩儿
踢起路边的石子
飞入树上
那掉下的露水粒七八
洒在女孩儿红艳鲜亮的嫩脸上
回头嗔怪
小口儿嘟囔

窗上的雾气
被家乡的阳光扫一眼就已荡漾
远处的河边
晨练舞剑的老人和姑娘
不时抬头看着远方的阳光

何时能照到自己站着的地方

无论春夏秋冬
夜半时
你已勤劳挥毫扫荡
黎明时
你还在清洁大地的思想
眉尖与眼睫毛上的露水雾气结晶
当早上阳光升起时
那是你们快乐归家的时光

纯净的小河
清凉的那一丝丝微风
小鸟在林中爱恋倾诉
父亲拿着面包追叫着上学的儿子带上
琴声、书声、问候声
汇成一幅幅晨景晨画
是生活爱的向往

家乡的春
朝气雨露凝聚的地方
我爱你阳光的清晨
永远的清新阳光

清 晨

庭前的玉兰花芽突起
将要绽放
两只雀儿跳动在带雪的枝杈间
打听月下叶芽惊梦中的缠绵
看着柳梢轻舞枝腰
春心早已荡漾

旭日喷薄时
云雾恋着晨景
母亲牵着女儿的手急走
那掉在地上的水杯
惊起一群家鸽凌空盘旋

晒太阳

晒太阳
家乡人把晒太阳
叫晒老阳
这晒老阳
我好多年好多年
都没有晒过了
记忆中
上中学的时候，非常冷
课间休息
紧跑出去
靠在教室外的砖墙上
挤着晒太阳
那只能是一小会儿
也很暖

今天
现在
住在了六府塔下
有时坐在窗前也晒老阳
看到一些老人小孩
当然也有年轻人
坐在一起都在晒太阳

热度刚好
有时有点儿微风
枝头有麻雀在喳叫
前两天伤风感冒
咳嗽的嗓子难受
这一晒
感觉好了很多

稻草人

快秋天时
那北方谷子还未收获
金黄金黄的谷浪带着满足微笑摇曳
压弯了腰的谷穗
低着头深思
那陪伴站立辛苦一夏的稻草人
你可知那风吹雨淋的苦

稻草人
你头戴帽子威武
身披长衣有灵气
手上拿着一根长棍
上面还绑系着长长的红布随风飘起
田头站岗执勤的是你
却时刻和老农连在一起

稻草人
由谷草做成的你
又为谷田献出
你是那香甜小米的梦
更是保丰收的守护神

稻草人
白天黑夜的勤劳付出
更是不惧辛苦，长袖善舞
帮农夫赶走飞鸟
还用神韵吓走盗贼

稻草人
人类文明智慧的结晶
用那特有的风格气质
在田园、地头
永远潇洒风流

路

冬至
一年中最短的白天
寒风吹过的夜里
风中偶尔能闻到饺子的香味
我独自行走在历经沧桑的路
一条弯弯的石子河
几处人家
依稀的灯火
孩童天真的笑声

几片绿叶
顽强地在寒风中支撑着春天
河上的冰还有那丽人大红的外套
掠过夜的黑
裹着一段熟悉的音乐
一首歌
我要陪你一起变老
就醉了一条路
变硬了一条河

年轻时
就因为多说了一句话

从早到晚多了双筷子
所有的节日都过在了一起
从此
再没提贫穷和富有

曾经街边飘满香

南街
校旁
路边的小院
破土墙、残木梁
饱经风霜的木门
裂缝还透着亮

都知道
忘不了
人来人往的繁华
一口大铁锅暖了冬日的寒冷
散发着满街的肉丸香
那时还小
口袋破着窟窿
一分钱也没有
放学后站在旁边看看闻闻
心中的羡慕
等那飘过来的肉汤味
也特别的爽

民间
交易

每年七月初一
四面八方的商客云集
那个时代
号称华北最大的贸易交流会
诱惑
也许是很久的心中惦记
为了吃一碗丸子
和母亲软磨
还因此放弃了吃面条的机会
可知道
穿衣服都是大小排辈接替的年代
困难中的纯白面
或许一年
也吃不上几次

排队
等候
柴烧水滚也急躁
粗碗浅，香酥丸
十几个大小如枣
一碗汤，很烫，丸子上面漂
香菜、葱花、醋和辣椒
吃不饱，汤再舀
加个烧饼就正好

唉
真美呀

香脆酥软
美味佳肴

路宽
楼高
往事随风逝
回味无穷尽
思往昔，侧耳听
街边，锅碗，铁勺声
熟悉的过往云烟
陌生的伤感心间
时代的繁荣富足

情几许
留梦里
再难见
曾经的街头飘香

街边小院

砖房
土墙
很多年前
路边的小院
院里种着枣树
当枣半红成熟的时候
经常有半大的孩子趁你午睡时
在墙外用棍子敲
品尝那掉下来的喜悦
然后跑

墙头
砖掉
半夜有人摸进了小院
那年代值钱的东西没有
为了防猫将肉挂得很高
但厨房里准备过节的肉还是被顺走了

难为
风险
要知道为了防范
墙头上还插上了好多碎玻璃
吃个肉还冒着受伤危险

困难，叹息
难忘的勇敢

无忧
无虑
天真的童年
小院的墙边
看蚂蚁排成一长串抗洪垒坝
很多蚂蚁把很大的土块堆在窝边
再抬头看看天
将一把雨伞送到母亲快下班的商店

树荫
宁静
喧嚣的小街
半头砖铺设的小院
梨树根把砖头拱起
花猫做扑伏态等在老鼠洞侧面
安静也许会打破
大餐

多年来难忘的气息
刻在记忆里
满满的回忆
顺着墙边一直疯长的藤蔓草
延续
小院的风雨

气泡还很圆

轻吹，变幻
哪一滴水
是你
吹出的童年
数不清，多少个快乐的希望
轮回中，回忆那些期许
把你用力吹起，飘浮旋转
仰首蓝，落地水花溅
透明的气泡
大些、再大些
小手挥舞，甜
轻柔浮在风中不语
炸出欢乐
灿灿的笑脸

虚假
谎言
拎一把虚幻
放飞无穷如风如烟的圆
洒落眼眸的水珠儿
真诚地粉身碎骨
一声叹，破灭打湿眼

尝一口，红酒那涩涩的肤浅
无法再捡拾的圆

如何去
补这漏雨的天
远望地平线
抱不住的圆
拿在手上的针
找寻不到伤痛的边

气泡
斑斓
破裂一地的雨点
一尘不染的纯真
飞不远
还很圆

百年变迁

闹市里
一幢百年的老房被拆了
墙根里
古老的墙砖上还留着久远的斑痕
几个大块头条石抱着根基
似还在留恋本土
一道道的结晶水痕
诉说着岁月沧桑

缝隙里
一只小蚂蚁爬在上面找回家的路
不甘心一遍遍地寻
那砖头上记录的文明
爬来爬去读不懂
家去哪里找寻

故事
历史
几百年过去
倒塌的泪
冲刷着祖先前辈
文明的智慧

望着残存的古砖、古墙
有的还在笑
曾经大刀阔斧
功还是罪

北方的故乡

炊烟
雾风
走过柔软的中秋
望天边、雨茫茫、月影仍在秋早凉
淡雅谷麦飘沁香
告别一树秋叶落
秋风入怀抱
草木一秋黄
红尘惊扰双鬓梦
数十年，沧桑
柔情卷残叶
情难了

土坡
院门
小狗轻拽小猫的尾巴嬉戏
玉米堆房檐
金灿灿
红裙女孩花纸伞
土石路上
秀风光
独行伞影红圆圈

蝴蝶多情落伞沿
低语、暗喜
你来触碰我的颜

故乡
山间
眷恋黄花一片秀阡陌
南瓜爬上土房
酸枣藏进群刺间
油坊、豆香、石板路
心恋河边默默忆少年
愿人长久
情更浓
月更圆

古道千年松

西岭

古道

千百年的沧桑

青石路记载了历史的辉煌

荒径山坡、石碑文、空叹细思寻

古树苍松、顶天立地歌颂

山中，古村

村民心中的英雄

敢用生命护古松

寒雨、秋露，风蚀残石泣

谁记先驱旧姓名

高山记英魂

往昔

怀念

镶嵌在墙上的拴马石

光滑圆润的石井沿

门头上斗拱木，雕麒麟

故事爬满了山村

念情怀，今走来

拎着一把历史

点燃心的澎湃

重读山神庙古旧的灵魂

回眸
再现
苍山云壑记忆
青石山路的繁华
车行马鸣，肩挑手推
登高望远
灯火，楼阁
遥指近在咫尺的家
潞洲城

故乡村庄西红柿加糖

晚风

芳香

田园翻绿浪

在秋的余晖中由青变红

丰满红润

幻想曾经的味道

诱惑出醉人的欲望

一条小路的尽头

风中偶尔飘来果香

窨洞，友情，西红柿加糖

夜空中欢笑

盛开的礼花奔放

笑脸，欢呼，留念瞬间

静夜辉煌

灯光

欢唱

老屋的门外

杨柳，土墙，玉米的胡须发黄

那欢声笑语的热浪

沸腾整个村庄

土路，水坑，发黄的烟斗油光铮亮

纯朴的拥挤
纯真的目光
小胖孩坐在舞台边上
圆圆的胖脸乐出幸福的模样
羡慕中的小女孩望着台上
小手拍出未来的希望

举杯
故乡
微醉中的老乡诉说曾经的风光
牧羊犬静静卧在慈祥的大娘脚旁
大锅，火焰
抵格斗翻滚飘香
歌唱，纯朴
根在这片土地上
七彩的光芒穿过夜空奔向远方
那无限的爱
养育成长的村庄
心
永留故乡

家的港湾

小屋
木窗
单薄的纸遮挡寒霜
无论有多少困惑
遇到多大困难
心中的依靠
家的温暖
都将融化心底的严寒

高举
抛起
远方的女儿
你的希望在小屋里
父亲双手托起
有你再举高些的甜蜜
还有父亲爽朗的笑声

坚定
沉着
学骑车摔倒在路边
告诉我要坚强勇敢
父亲您用生活中

坚持顽强的经历
教会我飞奔而去
扬起风帆

沉思
长椅
柔风轻语
望花念你
一生的坚定
无奈岁月白了胡须
老了
不想也不愿忘记成长的回忆
远去，归来
曾经的故事都有乐与酸
还能想起你吃粽子时嘴角上的米
抿嘴时的甜

亲情
父爱
等待中的寒风不冷
家
回家
让爱回家
这是心灵的呼唤
也是手上那花的香艳
继续留唇边
不想

更不愿将繁体的亲字去掉边
看那简化的亲字
继续孤单

团圆
相见
家的港湾永远都温暖

小文明

黑丽
小时候我家的土狗
很有能耐
用爪子一推，开门
用后臀一顶，关住
还会自己去找方便的地方
有教养的狗
也许太慈祥
善良得分不清里外人
总是见了自家的人亲热地叫个没完
不认识的人走进院中
它那尾巴还欢乐地摇个不停
唉
聪明
"有朋自远方来，
不亦乐乎。"

路中
穿着衣服的狗
人行道上肆无忌惮行着方便
母亲亲切的轻唤
宝贝走了

而道上留下了宝贝金色的灿烂
真是乖狗
知道跑到远处垃圾堆上自寻晚餐
追上抱起并亲切地亲着
烦恼
狼改不了吃人
狗改不了什么
忘了
错了

也许
这都不重要
衣服穿得再光鲜
口里讲的大文明
小事做起
不虚
才真

物什·红木

藏品顶箱柜

多年前

偶遇朋友

知识渊博

相谈盛欢

后经购料，细工

加工大红酸枝顶箱柜

收藏

如今黑红相间

闪着金丝的亮光

天作之合的脸谱和鬼眼

还能找回红木内涵中

那曾经的相恋和缠绵，时光

厚重深沉

典雅大方

雅致漂亮

简直是气吞的绝品典藏

夺目

耀眼

那几百年自然生长的绝品大板

带有山河之间的灵气

吸取天地雨露的精华

独占鳌头的气质
顶箱柜上的独板对开
高两米八
重达数千斤
应为馆藏之藏品

做工考究
背对风尘
交趾黄檀中的活标本
用手轻触
指头的缝隙处
都能传来回声

开门那一瞬间
沁人肺腑的酸香
像吹过来的淡淡香风
大黑大红
相互搏击
冲撞你的眼睛
挑战你的毅力
扰乱你的心神
它就是霸主
大红酸枝顶箱柜

镇在那里

极品大案台

藏品中
称得上镇馆之宝的
非你莫属
放眼看去
长四米三
宽一米四五
一张形制巨大的
交织黄檀大书桌
通长的黑红相间的大面
黑中透红
红中带金
那富含韵味的金光
老料彰显华贵稳重
雕饰展露文化久远

老红木
五百年以上的成长
你具有的肚量与胸襟
开放洒脱的胸怀
在桌案类的藏品中
绝对是顶尖的
巨无霸

大红酸枝书桌
雕工图案华丽
稳妥大方
清代工艺的特点
充满古风古韵的气质
那富延伸出
无尽头的花纹
浮雕牡丹双鹤图案
岂止癖好
简直是雄居天下
独霸一方

那红木面板
用手轻抚
感觉如婴儿般的细腻光滑
滋润如玉
致爱无比

选料精致
做工考究
老红木中的活标本
属博物馆收藏之藏品

你如千军万马中的统帅
镇定自如
你是酸枝中的领袖
霸气凌人

你有海纳百川的气度
你有傲气凌人的性格
成就了你
极品大案台
傲视群雄

你
永远
霸在这里……

李小孩 著

轻抚
心中之门 下

山西出版传媒集团 北岳文艺出版社
BEIYUE LITERATURE & ART PUBLISHING HOUSE

·太原·

　　李小孩，原名李保庆，笔名小孩，1962 年生，山西省长治市人。山西省作协会员，长治市潞州区作协副主席。他爱好文学，喜欢诗词歌赋，在许多报纸及网络平台发表过诗歌散文。半生在诗书中陶醉，在文字里筑梦。一支瘦笔，写尽人生的悲欢离合。

独伤的雨（一）

恋在心上

你的眼睛
熟悉而明亮
举止熟悉
似曾见过
落落大方还彰显端庄

那腰身尽显妩媚
黑发齐腰红裙鲜亮
典雅，透着美
风吹飘着淡雅香
你的眉毛舒展顺畅
鼻梁高耸秀美
挺拔胸膛饱满张扬
期许
每天晨亮
你头枕身旁

爱永远在传递

女神
母亲
勤劳的仙女
多么亲切的爱称
你是
永远奉献爱心的人

世间
善意
公益是献出的善行
我们和你们
还有很多很多的人

山区
乡村
爱在延续传递
捐款捐物
献出爱心
用你们凝聚的能量
去帮助那些需要帮助的人

甘露

滋润
经历病痛苦难的你们
别怕
我们正能量旗帜会飘在你那里
在无助时
别担心
帮助你们是义不容辞的责任

向往
美好
身体健康
生活幸福
愿意尽自己的力量
做一些有益的公益善举
去帮助贫困中
这些需要帮助的人

你们
我们
在向共同的目标前行
一群团结在一起的人
承受并分担着苦难痛苦
做着尽力所能的友爱善行

希望
前行
不论贫贱

不论富贵
不分男女
都在做着为正能量添砖加瓦的事情
也许
在你身边还有很多平凡的人
在行着做着
大孝大爱的善行

变 化

很久
以前
一个走前
一个在后
不远不近
不喊不吼
没有红脸
没有牵手

心中有

如今
并肩走
怀里靠着
双臂相拥
不能再近
不能再亲
分手常事
山盟无用

财生情

不平凡的人

干枯的树林
被春风温暖
即将唤醒绿的春
小鸟守望着寂寞
从冬盼到春

有那么一群人
牵着一缕阳光
如鲜艳金色的黄花满山开放
呼吸清晨鲜嫩的空气
捡拾着那遗失在路上与道旁
人类生存
生活的残迹

欣赏
那黑色的手提袋
看不见的里面
是一颗颗爱心
跳跃出精彩美丽
还有摇曳的香风拂过脸面
山路也露出洁净的微笑
甜蜜

轻言细语
让风儿告诉你
那一丝丝暖意沁入心房
爱心，公益
自愿，奉献
让无私与爱心结成
姐妹兄弟
照耀那金黄色的一条山路与山岭

你们
无私亮丽
用那心灵纯净快乐的灵魂
把所有心中有爱的人
团结在一起
用你们的行动
大声歌唱
做阳光灿烂的公益

爱你们
一群平凡而不平凡的人

尘世的惊恐

夜雨蒙蒙
不见刀影
看不见的鬼魂在紧盯着我
我被一只无形的手控制

温柔的繁荣、繁华
无语到只能去写爱情花草
不论是什么世纪
愿景中的美好只能歌颂赞许

吃着饱饭、饭桶的我
只管吃着无忧无虑
有病能看、寒冷有衣
去歌唱伟大的领袖

走进这渐渐浓郁的春天里
正能量的诗文再温顺也发不出去
无奈无语
只能去拜观音学学忍耐善意

走进这未来景色的花园里
我在等待、我在乞求
小鸟自由地歌唱

狗也敢不俱主人而畅快地叫喊

婆娑着夜的黑
摸索着向前
被狗惊恐的我
头碰在门角上
血流出
染红了诗行

窗的内涵

一段时间
愿守着静静的小房
那没有亮灯的夜晚
窗外的树叶碰撞出响声
静听
不知道的心事
什么时候
掉了叶子

好像已过了掉落的季节
也丢掉了一些东西
心情
记忆
还有香烟与烈酒
还有曾经跌倒过的
那个窄窄的路口

那扇窗不远
有些距离
还看得清
习惯每天晚上都会去看一眼那窗
里面的灯亮

几十年相知
在心里有我
惦念的情

冬夏春秋也有表情
醒来时永远比睡着清醒
一样的日落与黄昏
当我的目光能穿过窗的时候
一定有好多个夜晚
亮灯的窗内
她是否已悄然归来

无声的窗内
她是否已安然入睡
默然心静
安宁

春天飘雪的寒

花
开艳的花
狂风
吹寒了花心
被零度冻疼了花茎
无法沉默的花
摇摆抗争
全力想摆脱寒冷
痛恨那淅淅沥沥如寒冰一般的雨
把那未成熟的花瓣碎了一地

春
所有的努力
那腹中的未来
也丢在了寒风的初春里

心里下着雨
浸湿了未来的子女
哭着一路的荒凉
雨水、泪水、泥水
数也数不清的
花的泪

花开几枝
握不住的春天
洒落一地的恋情
无法再续的前缘

春雪
我不爱你
你的浪漫无法原谅
冻住了春风
冻伤了春暖
你毁了春花
湿寒了春心

是谁弄丢了春
只记得是个飘雨的日子
雨又为谁而落
"牧童遥指杏花村"
踏青，老农
仰望蓝天的佳人

阳光
暖暖的春风还会铺天盖地而来
花还会开得更艳
更鲜

清新山路上
蜿蜒蜒蜒

恋人陪着怀孕的丽人赏春
叹息声中带有怜爱
轻轻将那被风吹倒的花苞扶起

爱与被爱
都疼

春的声音

仿佛感到渐渐
退却的寒冷
冰河的消融
仿佛听到徐徐柔风
拂过面容的抚摸声

春的风
春意呢喃的音韵
那风卷云舒蔚蓝的苍穹
优美的画卷
将打开被记忆尘封的窗
那自然纯真的爱与纯美文字
将真情渲染
将春意唤醒
置身于夜晚月色如洗
惬意中的宁静

依稀看到春的清灵
在夜色的掩映下萌动
弥漫
已经来临
元宵夜

月亮圆
演绎
恬静与灯红的乡村

在这年后的日子
匆匆忙碌中
留下亲情、友情
还有那缺憾的浓情
微笑着倾听那缕缕春风
拂过惊喜感动的灵魂
春意
春雨、春风
嫩芽吐绿
那就是春的苏醒
春的恋意

春的少女从远方走来
迈着轻盈的脚步
嫣然浅笑的音容
每一步都走出对你浓浓的爱意

春 天

春来时
或写一首小诗
或谈一场恋爱
或刻骨铭心地被伤一回
或被淋漓尽致地爱一次

春　意

一棵小草在花盒里
顶起那压住它命运的土
把弯着的腰慢慢直起
小芽尖细细地抗争着
张着小口
吸着暖意

春来了
古城、古镇、古街、古塔
穿街走巷的春意春风
都停聚在古院、古屋、古墙、古门
那古色古香的古树
也透出绿色的芽
都在散发着古香的春意

你从春天走来
宛如春日桃花盛开的美景
白衬衫里的你
笑得那样干净
依稀听到风中传来的细语动听
那是你轻轻的悠扬的歌声

还没有走远
仿佛还在眼前
偶尔迷茫的眼睛
直到有一天
你说要去远行
去寻找最美最美的风景

曾经心中的春风雨露
期盼着两只毛虫化茧成蝶
你却在自己的未来里
许了永久
终究不能成为彼此的守候

朋友
远望你的幸福
让悲苦在我心底
澎湃成最苍凉的汹涌河流
还要微笑着把祝愿
说出口

倾听春天所有的温柔
定会让你漂泊的心在身边停留
从此以后
就让我把你融入血的灵魂
把你的笑容藏入眼眸
潇洒地走进春天
有如春风一样自由

刺　心

玫瑰的刺长在肉里
月季的刺长在皮上
玫瑰的花香从骨子里散发
那是因为它受了刺心之痛

绣花的针穿过
我不哭
绣花针上下翻飞
我不笑
就这样
一针一线地去向那心之所往
将你刺在了我的梦里
再用那血染红了梦想

等　待

歌声悠扬
我的灵魂随着甜蜜飞到了自由的云上
相恋一曲
如梦如幻
百转回肠
踩着人生的舞曲起伏跳动
情中
梦中
那慢开着的
满树桃花

真想点亮那盏心灯
等着和你相逢
窗边远望
站了许久许久
除了寒冷的风
远方未见那熟悉的红色长裙

雨
顺着窗
一滴一滴，滴落
滴入我的心里

撩动我的情弦
浸湿我的心房

曾经
牵手走在金色的沙滩上
看着海浪卷着白色浪花
冲来打湿了你的衣裳
浪花追着笑声跑着
头上那大红的遮阳帽
被海风吹到了海里

等待
是无尽的向往
是藏起的春天
等待都在每一个希望的晨曦里
欢乐的日子很短
可风干的思念
很长很长

把冬睡成了春

一觉醒来
就立春了
告别
这已不是第一次
一丝残忍
出卖了你
深沉
加深了你的怨声
保留着你的高贵
就让最后的触碰
死在痛苦的回忆里

当夜幕丝绸般展开
苍白的月洒在窗内
狂躁的血液不安，奔腾
揣思了良久
怎样才能进入你沉默封闭的心

漫漫长夜
不知疲惫
把丢失的爱情从嬉戏中唤回
天近破晓

在黑夜和白昼的分界线
我看见自己蔚蓝的心

竭力凝视着
无声寂静
终于弄丢了自己
我知道从此
将找回原来的春

默想沉思
探索着怎样回到往昔
一半微笑
一半泪水
我用梦里梦外的绳索
编织着那过往的美丽
幻想的萤火
能照亮整个人生归期
可惜连自己的路都未看透
就掉进了冬的寒夜里

一个翻身
就把冬睡成了春
原来瞬间被点燃的心
步伐沉稳

踩一路花开
浅笑，戏谑

冬天结束前告诉你
其实
就在身边
她早已就住在我的心里
犹如月亮居住在天空中
爱不是馈赠
是彼此发自内心的关怀
永远就在这里

读不完的书

一本耐人寻味的书
总是
喜欢把你捧在手里
忘我地读
书中有条幽静的小路
通往你的内心深处
那里有欢乐谷

一本缠绵的情书
思念时
喜欢把你捧在手上
静静地读
书中有座伊甸园
连着浪漫的花香和小屋

一本无字的书
寂寞时
喜欢把你铺在眼前
用心去品
描摹一幅最美的图
让爱成为传奇
只有开端没有结束

翻开尘封的心房

春来
花艳时
花香敲开尘封的心房
尽情放飞
或写一首小诗
或谈一场恋爱
或刻骨铭心地伤一回
或被淋漓尽致地爱一次

时光
岁月
漫过山峦
让那久违的梦
初心依然
轻语那天真烂漫

编织
云中的彩虹
随着带有小雨的风飘逸着
变幻着舞蹈

忽然

瞬间
那半边金黄的天
在叹风雨
雷电此时
已挂天边

我把宇宙放进胸膛
残阳残景均不见
那被火烧红的云
早已刻在心间

缥缈的微笑
眸子里
那说不尽的甜蜜
把美好分享

白天
夜里
属于你的那片
小天地

繁荣的萧条

又是一年结束
和往年有些区别
冬天里
缺了暖气
对寒冷多了些憎恨
吃饭没了煤气
饥饿中多了"赞誉"

冰冷的世界
只要有蓝天空气
心中就会充满"满意"
何所惧

美丽的古城里
商场店面里没有了生机
遇到创新的雨露
都在网上生长发育

什么时候
那些个鬼模鬼样的人
能将理发洗澡也搬进那虚无的网里
解决我多次去洗澡
都无气无热水的烦恼

芳华告诉你

春去
春回
流年记忆
思念从心底涌出
卷走冬的寒
漫过树梢的风
再凶再猛
也带着春的暖意

忽来
忽去
若近若远
与春风私语
谋划着一场烂漫花恋
花情花语

期待
期盼
将要苏醒的风景
不再藏起浪漫的心绪
山花秀
玉兰开

柳枝也舞起

枝头
心头
春意浅浅
浓浓泛绿的春心

花前
月下
迎着你走去
柔情细语

悄悄地告诉你
我的心
已芳华在那
春天里

歌声飞扬

昨天
音乐人
相聚上党古城
柔和灯光如笑
温暖的情谊中
兰花美酒飘香
像绵长的号子
打开记忆的闸门
青春岁月中故事
把十几岁的花季
张扬成一缕醇香

心，辽阔
我们的歌声飞扬
友爱之树
于心房一念花开
只有不忘初心
岁月定会流长
音乐朋友
是我们
生命中
最美的相遇

歌声和音乐让我们的心
紧紧挨在一起
真诚的祝福
亲切的问候
开心的相聚
让漫长岁月相伴左右
让友谊之花
繁盛花开
让我们举起心中的酒杯
唱起动人心房的情歌
一起高喊
干杯

眼睛
未流出的泪
那么美
心中的笑
那么甜
对音乐的爱
那么痴
那么恒久远
清澈的美酒啊
满满的香甜

给一个理由

曾经是常去的地方
在不知道的时候
带着一身的凡尘
和城乡的夜色牵手

曾经迎接我的秋叶
早已经不知去向
想再去寻找
却发现没有一棵树
可以让我回眸

曾经有太多的回忆
像山压在疲惫的心头
月亮升起又落下
瞬间变成了一道道细碎的忧愁

曾经暖化了一地的伤痛
别问
什么样的春夏
什么样的冬秋
会有什么样的一段动情故事
伤感的人对你讲述

曾经的时光里
寂寞无声的夜
那些个过去的感伤
还有丢失的芳华

公 平

我不信命
信公平
生活给予磨难痛苦
同时也赐予他勇敢坚强
这个世界上对我们最慈善的是谁？
是父亲母亲
他们是我头顶的天
是我心中最大的佛
他们时时刻刻都在
祈佑着我们平安、健康

祝福
给我生命的他们
永远安详……

故　事

一生中
很多回忆与故事
命运让我们经历很多
友情、亲情、爱情
宿命让我们品尝
缘分让我们相遇

故事
像银河里的无数星辰
让你人生的星空
无比灿烂

故事
总是在
相聚的时候
忘记

故事
又总是在
离开时
想起

丢失了

宝贵的光阴
留住了
情意和思念

海花情

仰望星空
我更渴望宁静
它来自外界
来自内心

仰望天空
我也渴望博大宽广
它来自山川
它来自河流

远望大海
我也渴望蔚蓝天空
它净化我的心灵
陶冶我的灵魂

细读人生
人品才能引领大众
心胸宽广是品德
献出爱心是情分

黑白影子会说话

理直

气壮

用手一指

心中的感觉是苍凉

惶恐的阴影压过来

心头慌张

看着手指尖很直很长

深奥的力量

黑白之间

缺对错吗

儒家的德礼

修在了教养

静修

平衡

阳光下的大树

乘凉的树荫

阳面的叶子接受能量

树下的根茎补充营养

平衡中保持着自然的力量

月亮与太阳

白天与黑夜

沉默与爆发

静听世界

心静吗

索取

或许，因为

手太长

去伪

存真

翻动生命的真假

冷若冰霜的背后

虚假的或许是影子

藏起的伪善自圆其说

形态、身形、都是精灵

变幻完美

雨点雷声

停电

回归现实

看不见自己

灯下

抓不住的虚幻

靠做作来糊弄

有形无神

红尘情歌

心与心的遇见
总有一些碰撞
无意间的身影
一个飘进心里的人
成为打开心扉的钥匙
甜蜜相聚的光阴里
思念如决堤的海
穿梭在每一个静寂的夜

如若爱有天意
情是一生的相守
我愿站在彼岸的远方
安然静候春暖花开
守住那份宁静
剪一片云霞作诗
朝露读你
让爱的花朵在阳光下芬芳

清晨品尝清新的春
看天鹅独自纯真的爱
秋看一片漫舞的叶
冬唱一首抒情的歌

细语人生
你我还在这里
花为爱开出了多种颜色
慢品沧桑

红 杏

一枝杏花
收到春的讯息
身体里瞬间充满生机
转眼到了结果的年纪
突然感觉小院的寂寞
犹如怀春的少女

悄悄地探出头
窥探墙外的秘密
原来已是万千红艳
外面的世界如此美好
心不甘
被禁锢在方寸之地

压抑着剧烈的心跳
毅然跳出墙内的天地
出墙来炫耀自己的美丽
让诗人痴迷，后人无语
留下千古佳话
还有你超强的勇气

花间说

别离之后
我选择了这条路
这是一条宽敞的路
丁香花正盛开在两旁

我知道
沿着它
就可走进文字的墨香
爱上丁香的苦涩
心不曾失落

摘下一片花瓣
以及你甜蜜的笑容
雨珠、露珠、泪珠
便从叶尖上滑落下来
醉意流淌在心间

想念
是很苦的事
可是我无法拒绝想念
丁香花的苦中
也有芬芳

只是
此一别再无相逢时
我再也不敢直视
丁香花
雨季流下的泪水

花开几日也温柔

牡丹
含苞待放
中间几支花开
温柔了多少过客，留恋

匆匆
遇见
一次偶遇
惊艳了多少情思、浪漫

花有意
蝶飞起
一场云愁雨落
平添了多少落花缠绵

眉头
心头
花与花，眉来眼去
相思几枝
各自闲愁

情深
唯有期许

熔成油
终究
再不分手

花絮在天际

爱
相依
花絮
不知从何说起
抓不住
还在心里

追逐
捧你
飘飘来
又飘飘去
只有等雨

如雪
会融化在掌心里
却可抚平心底

暖风里
你飘在空中赏春
栖身大地后聚集
随流水到天边观海
还有你的希望

播撒未来

天地之间
不高
可你也追不起

花之王

人间
有种花
柔美似水
有山的刚强
还具云河的优雅
四季亮丽花开
鲜艳持久不败
青春渐远也不惧怕
这就是一朵
女人花

坎坷生活
顽强的她
寒风不惧
不畏霜打
在万千的花中
努力有尊严地拼搏
成为世上最美最亮丽的花

女人花
有时张扬亮丽
喧哗适度，奔放优雅

温顺中还些许有些霸道

默默地付出
还要继续她自己永不结束的爱意牵挂

女人花
清澈的眼睛有柔和快乐的幸福
优雅如莲花出水
更有翠玉的无瑕

女人花
柔情含蓄温存
那袅娜的身影
优美的轻语细声
更会拿出自己的青春年华
献出芬芳
让爱花的他
在那满园春色的美景中
品香恋花

当三月的春风
吹开枝头的花

花开娇艳
女人花
踩着岁月的年轮
永远
开出自己的芳华

回娘家

新年的雪后，太阳升起
成群结队，串亲戚
大包小包，心里甜蜜
脸上还有回娘家时
那藏不住的笑容与美丽

轻柔问一声
"过年好"
喜笑颜开，互问寒暖
保重身体，亲情无限
端一杯新年酒
说几句祝福话
温情满怀

先拜祖宗，孝为先
再敬父母，寿延年
大家一起，干一杯
春暖花开，笑开颜

开门远望
山清水秀
回首

福瑞满门
吉祥的年
酒香四溢
道出的情
热烈纯真
亲人们
我干了
你随意

回　忆

春来时
或写一首小诗
或谈一场恋爱
或刻骨铭心地伤一回
或被淋漓尽致地
爱一次
岁月流过
初心依然
那天真烂漫的时光

不是要走
不是分离
也不是不温柔不美丽
只是受伤了
心太累
宇宙放不进胸膛
无奈的泪光
在我的眸子里
那是说不尽的甜蜜
道不尽的回忆

如果

离开了
离开你的视线里
没关系
也许还在我的朋友里
一样可以
把美好分享
属于你的那片
小天地

回忆七夕

看不惯
别人的分手
总还怕相爱的人牵手不长久
坐在静静的山坡边
相拥在青春的夜晚

彻夜长谈
换来的时光
青春已没有退路
因为故事与剧情
都会让青春刻骨铭心

我听说
亲吻总是真的
而甜言蜜语总是假的
总有一些会在梦境

回想过去心潮涌动
那些爱恨情仇的芳华
谁能懂
珍惜人生最宝贵光阴

脊　梁

坚韧
超常
宽大的臂膀

压迫
敲打
收缩
我在淬火
宁折不屈的钢

拿着胡萝卜串门
用大豆如何平衡贸易
升值
是想赖账
大棒舞起举在头顶
终究会打在
棉花堆里

什么也不懂
螃蟹走路
将成为往事
霸王强横自刎乌江

弯腰
站起
不是软弱

中华民族
压力越大弹力越强
几千年的文化
韧劲如钢

近年长高的楼

高楼
大门
繁荣
潮水般拥挤而入
即使兴奋
笑声难见

价格
贵贱
一律免谈
孙子一样唬你
心有火
口不敢还

含泪
期许
皆是亲人
包含希望的盼望中
一生积攒的数字
被这"五星级"的扎针输液
归零

感激
愿意
满怀希望而来
救命后感谢
那白色的衣

灵魂
归宿
从生死线上抢回
将哭声变成笑声
高超的医术
喜悦中
都长出一口气

紧走
冲出大门
虽然众多倒吸气的药
离谱太远
但回头看看高楼
心生感念
都是好医生
人民的医院

静 守

梦想
潜藏在春天里
藏在匆匆行走的时光里
不知道
今年春天
那飘落的芬芳
能否酿成美酒
浇灌我的心房
那缤纷的色彩
能否装饰玫瑰花开
在我的生命里
华美绽放

我知道
今年的茶苦多甘少
眼睛的光
描绘不出阳光的温暖
有的只是凄风苦雨
秋露寒霜

春天
我想借着春天的手

为我续写一份感动
绽开久违的笑容
想写首诗
在季节的诗行里
寻觅青春的容颜

春风起
循风找一处山高水长
花木繁茂的地方
共度一段美好时光
静守心灵
等你来
一路同行
深深的爱

静　思

拾起一片落叶
给予一丝怜悯
感叹人生
秋风雨真的很无情

选择一处安静的地方
悄悄地静思
感受冷暖
不带任何抱怨
从哪里来
回哪里去

酒变成泪

一份纯情
携带了很多年
如果清醒不是一种快乐
我宁愿醉
饮尽全部过往
干杯全部苦涩

如果能放下心中的负累
我宁愿醉
让梦和灵魂一起放飞
酒是红尘中的不完美
为友情举杯

如果能轻松忘记一个人
我宁愿醉
饮尽杯中的相思泪
饮尽思念与寂寞干杯
为你泪流很美

一份纯真
坚守了很多年
把喝进去的酒

变成了泪
任意放飞
我宁愿醉
化作微风紧紧相随
化作两只蝴蝶
相伴翩翩飞

真的好想醉
给我一杯酒
彻底地醉
饮尽浪漫尽情地醉
情思万缕尽情地飞
电话那边的你
是否懂我的酒
我的醉
还有我的泪

酒中情

喜欢酒的醇香
更爱上醉的感觉
喝酒
感情的宣泄
能让甘甜苦涩尽兴发挥
偶尔喝多是给心灵上的解压
让真情真爱尽情表露

不懂
喝酒的男人
好像没有味道的女人
不会喝酒的人
就是不解风情的人
我们没有酒仙的斗酒诗篇
还不能日日
醉生梦里

亲情、友情、爱情
爱上的不是酒
而是端起酒杯的瞬间
将心事一点点地融入酒中
喝下的不仅是酒

还有和酒一起忘却的
一点伤感
一点回忆
一点哀愁
一点快乐
一些想念
一些无法对别人诉说的故事

把一生愉快和不愉快的故事融入酒里
我干了
你随意
这就是
人生情意

聚　缘

云淡风轻又一年，傍花随柳进春天。
何人没有伤心事，街酒当歌今世缘。

真假情人都过节，几度红尘日月寒。
尽品人间甘与苦，钱财散尽情难转。

一地情思无法检，几丝遗憾在心间。
家中至爱亲情聚，难忘初心有始终。

快乐人生

元夜的明月
团聚着温情
匆匆的末冬
紧追着春风

新年的亲情
来不及感动
你却在初七
团聚了友情

你们都是阳光的人
都说外面有你们的梦
你们奔走在人生的舞台
带来的是快乐和欢笑声
你们都是勤奋的人

迁徙寒冷
那是你们的宿命
为了父母和妻儿
放弃了自己
选择了奔波苦痛寒冷远行

你们是我们尊敬的人

对音乐的热爱奉献追求
已超越了你们的人生
祝福你们
所有的音乐人

握着冰凉的手
来不及暖热
床上被子里
还留有你的余温
街上的灯笼引领
你们又要早出远行

进入梦乡之时
你们却还在热血沸腾
弹奏演唱着美丽人生
把青春交给白天的繁忙
人生绽放于夜阑人静

爱你们
最美的音乐人

真　实

当我懂得
真正明白
并开始爱自己
我才认识到
所有的痛苦
情感折磨的时候
都是那过眼的烟云
都只是提醒我
告诫我
生活必须经历的
不要违背自己的本心与善意
明白了
这就叫作真实

留恋的爱很纯

风韵
绿茵
春光浪漫着大地
那曾经的委婉如歌前行
只因浅浅的一个微笑
变幻成春风春雨
眷恋得深

爱意
心真
往事如梦
受伤的腿还疼
苦涩的青春留着回忆
寒冬的天
气喘的你从怀中拿出的饭盒
还留有体温

山间
树丛
小河的泥香散发着风情
追逐五彩的蝴蝶
脚下踏空

翻滚在荆棘里
埋怨中泪水涌出

倾听
仰慕
感受阳光暖暖的恋
远望月亮柔柔的纯
颤巍巍的老婆婆拐棍太细
晃动中
还用手轻抚那心爱的人

陪伴
平凡
闲看老树新芽
随岁月的沉默凝聚
迷睡中
还拿起桌上的柿饼
塞在相伴一生的人
口中

索取
奉献
想拥有所有的爱与真诚
还醉在春风春色里
化作馨香飞舞
感化整个灵魂

茶香
酒淳
春意袭人时
与你共饮
诗歌佳作品赏
窟窿长
花衣裳

长笑
陶醉在春光春色旁

妈妈的恋

我的天使
在那寒冷的冬天
降临到了人间
你带来了喜悦与快乐
你知道吗
那是妈妈度过了苦难

我的天使
儿时的你
太多的任性与无奈
也曾经让妈妈急躁与不安

我的天使
在那很远的地方
如今你已成人
过着美满幸福的生活
知道吗
遥远的故乡
还有思念你的母亲苦等远望

我的天使
虽说你已有爱你的人

但妈妈和你二十余年的亲情
更是难舍难分
知道吗
每次妈妈想你时
那难言的心中的苦与甜

我的天使
你小的时候
妈妈总会带你去公园
记忆中你总是调皮捣蛋
妈妈对你的要求和希望太多、太高
在外要懂得包容
更要知道感恩

我的天使
家里有亲人太多的想念
妈妈为你准备了最喜欢吃的甜点
还有那分别很久很久的思念

盼你
天使
女儿

思念你的母亲
无尽的恋

梦 里

今夜
你没来我的梦里
触摸不到你的气息
我知道那里
那里有温暖的牵念
还有曾经的春风夏雨

往事
成了我们的过往
看过的风景
总能温暖我的岁月
唯愿曾经的我们
各安天命
念无恙

梦玫瑰开放

夜深了
在这个树叶飘零的晚秋
又梦到了你的温柔

今夜
我不想问千年的相思
今夜
我不想问千年的守候
今夜
我不想问千年的期盼
只想知道
一滴相思的泪
能否还你前世的相欠

曾经
与你手牵手
一起走过春秋
曾经柔柔地融化在
你多情的眼眸
曾经梦想
一生一世和你牵手
我予你千般宠爱

你予我一世的温柔

许多的美好
被世俗
阻隔在那个寂寥的冬与秋
从那时起
记忆便停留在了往事回忆
无法突破世俗的牢笼
我今生的至爱
无论你在哪里
再远
还是能听到你开放的声音

迷

枯树上
刺还露着狰狞
新芽绕开成长
这是春与冬的相遇
还是分不开
舍不得
看破的红尘世相
抗拒吗
迷
还未长大的我们

残酷
奋斗
房还在朦胧中
车也还在梦里
定亲的礼钱先给
能答应吗
看那疑惑的眼睛
迷
肉包子打狗
何如

面 子

小时候
馋嘴
被哥哥撺掇
去父亲的单位要一角钱
父亲边工作边说："没有零钱"

出门后哥哥聪明
再去要就给了
经过几次反复纠缠
父亲恼怒
归家后
鸡毛掸子落在身上
被一顿狠揍
苦思不解

长大后
悟出
父亲口袋空空
虽然那是越穷越光荣的年代
但也没能让父亲自豪起来
是给父亲丢了面子

这面子看不见
摸不着
喜听好话
不能伤
变化无常

脸面
这看不见的文化
伤不起的自尊心

蔑 视

孤独
茫然
坎坷的路无助
不识时务

沉寂
把隐私埋葬
决不屈服
用那飞翔的翅膀
穿过洞中黑暗的深渊
向往太阳

无畏
诱惑
漆黑的四方
这纷扰的世界肮脏
摆脱张狂
锻炼出坚韧勇敢
用舞蹈的力量
喷涌出柔弱的刚强

羡慕

仰起胸膛的勇气
在那心灵深处
容不得半点尘埃嚣张

脚下的路
坎坷的途
想用一张网锁住你
那翱翔自由的理想
不论现实多么残酷
宁折不弯的你
绝不会
让自尊
向世俗低下头颅

陌生熟悉

熟悉变成陌生
又从陌生变成熟悉
长久
渐渐蒙上了一层面纱
它比雾霾要清澈
又比净水要浑浊
诺言也被碎了一地
就这样大浪淘沙
留下的是金沙粒

当你感受到
我春天般的气息
还有亲情般的永恒
今生
不负任何人
邂逅的良缘
把曾经细细清洗
形成我们过去
未来如歌的岁月

莫 傲

倾听
亲切
不老的诗歌
滴答着
含情的春雨

滋润
久别的诗行
短句几行
从初春到寒冬
浸透每一个角落
可有更多的地方收藏

沉默
唬人的脸谱
闪着金色的光
国际、星球、宇宙
报刊杂志，几等奖
光环一两页
慢慢看不长

地气

创伤

生不管活不顾

尾巴很长

翻遍字典

歌颂赞扬全用上

好词好诗，能得奖

才气

傲气

文人的骨气

静心、修心

无欲则刚

往事与辉煌

告诫自己

脚踏实地

莫狂

蓦然回首

情恋
牵手
漫长的守候
平淡中疑惑真与不真
那多情的眼神
带有初春

风寒
悲喜
风雨的洗礼
静夜，难眠
思绪飞起
还会悄悄看那亮起的手机
头像里的消息

烟雨
忧郁
半生的沉浮青春
岁月默默远去
深情不会老
天冷了
会提醒你

多穿那保暖的衣

相依
不易
有风也有雨
蓦然回首
还是曾经的她
曾经的你

难以忘怀

昨天
疯狂忘我地狂欢
忘掉自我
尽情歌唱
今晨沥沥在脑中回想
我竟难以忘怀
数次的相遇
不断忆及
梭流于午后、晚上聚会的舞台
那些提着裙裾
向你走来的妙音

不知
如何让这欢乐景象
永藏在心里
挽留住动情温暖的画面
把所有你们的原创音乐
带上青春的扉页
辛劳绽放在成熟收获的秋天
欢乐、音乐、歌声
在心中回响
深感这是一场

特有的

心灵相通的事业

你的快乐就是我的幸福

世间

善意

公益是献出的善行

我们和你们

还有很多很多的人

山区乡村

爱在延续传递

捐款捐物

献出爱心

用你们凝聚的能量

去帮助那些需要帮助的人

甘露

滋润

经历病痛苦难的你们

别怕

我们正能量旗帜会飘在你那里

帮助你们是义不容辞的责任

你的快乐就是我的幸福

都愿意尽自己的力量

做一些有益的公益善举

去帮助贫困中

这些需要帮助的人

你们
我们
在向共同的目标前行
一群团结在一起的人
承受并分担着苦难痛苦
做着力所能及的友爱善行

也许
在你身边还有很多很多平凡的人
在行着做着
大孝大爱的善行

年关两扇门

零点
听不见炮响
心中爆竹已然钝响
那钟声是辞旧
也是迎新

一夜连两岁
留不住昨天
走不出明天
更是岁月收拢
新的一年与过去的一年是门的两扇
左右皆留恋

无情岁月似流年
放不下遗憾
拗不过时光
只有兀自为难
蜷卧床榻
凝神兴叹

能否找到
岁月的夹缝

右手牵住新年
畅想未来
左手拉住往岁
留住过往
一天一份平安

春与雪围着年转
每一次下雪
在雪花融化前
走路都要用力点
希望尽快踩踏出未来
灿烂的明天

年轮的印痕

相依
唯一
河道的尽头
路没了踪迹
懊恼
天要下雨

冷雨
似天上的乌云洒泪
满脸的废墟
那满是伤疤的老树
让岁月沉淀成五线谱
风中传出空洞的吼声
满地的黄花绿叶轻吟

平淡中寻觅
那真
总想着一个情字的伟大
会发现
揣了一兜的沉默
有多少能够经得起时间的考验
那不知真假的衷情

守望
一个角落
遥望未来的念想
一个微笑
醒悟
那年轮里孕育着
一年又一年的花香
缓回眸
意还存

努力珍惜平和的时光
还有时光里留下的和流逝的
爱与岁月

女人花

世上
人间
有种花
柔美似水
有山的刚强
还具云河的优雅
四季亮丽花开
鲜艳持久不败
青春渐远也不惧怕
这就是一朵秀美鲜艳的
女人花

无畏
坚强
无论生活如何坎坷
顽强的它
寒风不惧
不畏霜打
在万千的花中
努力有尊严地拼搏
成为世上最美最亮丽的花

柔美

挂念

女人花

有时张扬喧哗

有时飘飞潇洒

有时适度奔放还优雅

温顺中还有些许霸道

默默地付出

还要继续她不忘的责任

那永不结束的爱意牵挂

幸福

情深

女人花

清澈的眼睛有柔和的幸福之光

淡雅如莲花出水

有翠玉的清澈无瑕

含蓄袅娜的身影

轻语柔声中还带有温存

女人花

把自己的青春年华

洒出芬芳的香

让赏花爱花的人

在那满园春色的美景中

珍惜恋花

五月的暖风
吹开枝头所有的花
女人花
花开娇艳
踩着岁月的年轮
永远
开出自己的芳华

女　神

女神
喜欢你向往的名字
落在我的心田芬芳
暗香一生无尽的向往
莫名沉醉

女神
你像一朵彩云
托着太阳升起
带着金色的光阴
用永远灿烂的青春
诗情四季

女神
喜欢你站成亭亭玉立
如荷花清雅
如玫瑰馨香
点缀每一寸土地
高贵无比

女神
不去猜你前世今生

深深的恋
印在唇齿之间
飘在云中
融在心里
醉一树花开

三八节

女人
你是花
你的妩媚
醉了多少在花前看你的他

女人
你是画
你的娉婷婉约
染了多少浪子墨客的华发

女人
你是雨
淋敬了多少赏雨人的心
替你把泪擦

女人
你是云
楚楚笑容引来多少梦里雾里
来追寻你的他

女人
你是神

受人拜敬的女神
带来幸福安宁

七月会有雪

七月
不该是雪的季节
是谁
如此无情
让七月有了雪的眼神
虽不见雪花飘飞
心却没了淡雅宁静

写一片洁白的雪花
为夏天
为七月
为这一刻脱胎换骨的心
就算雪花会融化成水
在云中悄悄散去
可那又如何呢
还不是带走了我的思念
我的心情

雪会结冰
依偎在七月
怎么说也不是你的季节
还是为你歌唱一曲吧

该好好地谢谢你
为你的柔情万种
为你的寒冷风情
为你的那份精致的飘落
那化水为风的傲气
还有
带给我一个不算太老的黄昏

期　待

守着
亿万年的石头
想着那爆发的火山
那晶莹剔透的玉石
是经过如何的熔炼

真诚的目光
望着虚伪的背影
虚伪
也渐渐变得真诚

启 程

风雨后的宁静
星星望着月亮
沉默许久的许久
不再纠结
岁月爬满沧桑

有没有一个人
就那么轻易地入了眼
让你禁不住地想
是你吗
共话桑麻
共享时光

所有的故事已落幕
有约定还有付出
灯火阑珊与现实面前
脱下爱情美丽的外衣
也只能都剩下了曾经

开始启程

或许我们
就不曾有过开始
只是一时的萌动
似冬季的雪花
睡在寒梦中

没有来得及飘舞冲动
就被雪埋冰封
变成了冰或美景
你曾想浪漫飞舞
雪下温床中陶醉懵懂

当春被唤醒
你化泪温存
一切匆匆
只是朦胧

在小河中飘零
忆小树林里春梦
在相思亭里思雨
还有风的多情骚动

春风又催生

匆匆度年轮
或许我们真的还没有
开始启程

气质最美

气质
是你的思想
是你的内涵
是你读的书

气质
是你走过的路
是你修的德

气质
净化思想
充实自己的内心
于无形中
你的谈吐
态度
举止都会烙上一股清新脱俗
儒雅洁净的标签

低下头
你的内涵是世界
抬起头
你的气质是内涵

牵 手

牵着手
是你的柔
感到温暖
温润的电流

握着手
跟着我走
看那高山俊秀
黄河奔流
去找那天鹅的爱
还有玉在情在的誓言

拉着你手
千万别走丢
不论遇到暴雨狂风
一定把你呵护
不论遇到多少坎坷
绝不放弃
有我
伴你左右

青花情

一梦昨天
再梦千年
记忆
遥望
时光久长
光阴叠起岁月
笑那青花瓷器将军罐
在缠枝莲纹之间缠绵
岁月悠悠
百年长久的牵手
荡起青花浪漫的舟船
咫尺天涯

岁月
残缺
改变模仿不了你梦一样的蓝
那曾经的爱刻在心里
融化在花草山水之间
沧桑的岁月无法改变

佳人
才子

带来了一个梦
告诉了一个秘密
情思柔情
威武霸气

恋你
爱你
就要放下身段
无论英雄还是才子

给我一个地方
安放埋葬残酷的霸王爱情
托一片青花
寄一往情深

青 杏

昨日的傍晚
秋风习习
你淡雅地出现在我眼前
一如你往日的高贵

你让我走出桎梏
走出自我茧缚的空间
你让我的头颅高高仰起
走出自编的藩篱

苦笑地回应
我已不能
我张不开我的双臂
尽管心中想飞

灵魂的束缚
已陷得太深太深
不能自拔的情感
浇下了守拙的枯萎

情人节

玫瑰花
能展现最大的诚意
吐尽自由之浪漫
当心和玫瑰捧在手上
你是否明白
未来的承诺情义

我的胸怀
诚然没有浪漫词语
也没有引人心醉的巧克力
却可以成为让你休息静心的港湾
那灵魂和血肉的坚韧
绝对是你躲避风雨的红伞
天若有情
风懂雨听
是玫瑰思念雨
还是雨思念玫瑰

情 深

桃花三月
是一个多情的季节
多情疯痴了有情的男子

桃花三月
是一个多愁善感的季节
怀春之季更使女子多愁善感

桃花
你懂花、懂春、懂蝴蝶
你哪懂得二月的梅花，冰清玉洁

我欣赏着你花开的困惑
我欣赏着你花下呢喃的莺语
我欣赏着你多愁善感的绵雨
我欣赏着你不曾把我放在心里

更愿
静静喜欢
浅浅欢喜

情诗永远年轻

头发微白
像是老了
离下岗不远还坚持努力着

有时力不从心
心灰意懒还显老成
把自己当个梦想中的思想开放者

这时
想起写情诗
知道了诗中山水
快乐的风景
那画中有情　有景　有花香
能让情思飞舞
畅游

老而不尊的我
正经、不正经都不正经
写人物写故事都在梦里放纵
然花开花落
时光如梭
浪费了多少激情岁月的光阴

在那追求梦想的年代
理想伴着火红的青春成长
没有畏惧
没有失败
奋勇前行
那时的无畏
决心想让世界改变，屈服

纯洁美好的浪漫时光
伴随着漳河水的流逝
在孙女叫喊着爷爷的柔声细语中
渐渐暗淡

失去了不该失去的
该珍惜的没有珍惜
该得到的却没得到
真想
重燃一回青春

梦醒
该去的都去了
还是做我的情诗
抒写我的诗情
珍惜光阴
重燃那不老的青春

球

欢呼
激动
绿茵成片
圆圆的球滚来滚去
跑进千家万户

球迷
痴迷
夜里灯光闪耀
失望与惊喜
街头，酒吧
未知的胜负
来回滚动的恍惚
焦急地握紧拳头
手中的彩票是兴趣
晨光愁人
熬成睁不开眼的朦胧
追逐、胜负、博弈
和民族国力没有联系

追求
高度

巴西的球艺柔韧有余
德国的实用战术配合
都把足球玩成一门艺术
倒钩、弧线、头顶
追求的是最佳与完美
世界杯
踢得再好
那脚下的球也是我们制造

球技
爱好
曾经的女足
国人的骄傲
乒乓球打遍世界家喻户晓
如果喝袋奶就能冲进世界杯
喝营养液也能上名牌大学
那么当总统还需什么智慧
球到你脚下总是臭脚
还说球不圆
心若悬浮
在哪里也是混江湖

取巧
娇惯
我们脚下的鞋都灌了铅
坚守我们的理念
重金奖励都无关

无论国内的月亮还是国外的太阳
保持"足"不出户
永远？

也许
未来
我们举办世界杯
那黑白相间的球被我们踢进球门
兴奋欢乐的球迷
会彻夜不眠

泉水的深情

哭声
笑声
盼望中的希望
种在门口的小树已长成参天栋梁

也许
你会有更亲的人来陪你伴你
儿子
别忘记
养你育你二十多年的父母亲
是最爱最亲你的人

回眸
珍藏
晨露退去之前
走进校门里回头挥舞的小手
还有经过你的努力
我骄傲幸福的自豪

明天
欢喜
无论来或者去

哽咽的我都永远不会洒落泪滴
你要懂得
春天
我会远望
默默祝福
心早已走近你
无声无语

未来
成长
我一直钟爱的名字
每一次读你
那心中的跳动都会兴奋加剧

心潮
澎湃
失眠的夜
如果执子之手
温暖
定会燃尽一生的温度
温馨
永远

任 性

任性是情感的火山爆发
更是人生在亢奋时的潇洒
好似酒醉后集聚的裂变
超常的气势在人世间叱咤

任性是生活中的意外
收获和惊喜都布洒人性的彩霞
它是感情的冲动和奔放
用心灵之笔描绘惊俗的图画

用我的任性
豪放的情感
内涵和浪漫
吟诗弄月慢品逍遥

任性虽是看不见血的双刃剑
用的恰当就可扬鞭跃马
让我们都理智地任性
尽情笑看风雅

融化的情缘

一些残冰
还留在背阴屋檐上
趁着白天
一切都还醒着的时候
悄悄地融化
一滴一滴地滑落
在青石铺成的台阶上
被摔得七零八落

经历苦痛的冰水
还不死心
又慢慢聚合融在一起
重复演义聚散分离

今年的冬天
比南方的冬天多了一丝丝的温柔
但却没有童年时那股温暖的气息
门前的小石桌
墙角的白杨树
我每天都要在这里玩耍

经过那里

每一次都会想起一些往事

无聊的时候

看着窗外的天一点点地黑下来

心中那颗心还散发着世态炎凉的热

手上的书

缺了温存

也变得越来越模糊

看着屋檐的冰愈发瘦小

落到地上

溅起细碎的忧伤

陪着窗里

那无言的暗淡浅薄

冬天就要走了

春风也该刮过来了

那些早熟的花枝已露出了尖芽

是不是该有一阵春风

为我停留片刻

然后再起身

去吹绿我的芽尖

给我一个成熟的春天

烧烤的鸭子也不飞

葱丝半两
黄瓜两寸长，略略十几根
少许甜面酱
辣椒一丁点
圆面饼薄如纸
一支烤鸭分开放
鸭头切两半
鲜亮的鸭皮流油，放着亮光
鸭胸瘦肉摆一块
鸭腿齐全脚没有
饼平放
肉蘸酱
卷两边后底翻
咬一口
香软可口
肉肥而不腻

美味
传统的美食
口福
烧烤的鸭子也不飞

深 秋

候鸟站成一排
谈论着雨后的阳光
蝴蝶一样的叶子
飞着飞着就死在了地上

我抖了抖身上的灰尘
走进既熟悉又陌生的人海
曾经相识相知
如今
我爱你和你没关系

是分手离去
不
是奉献是爱意

深秋雨

早晨
醒来
就这样
懒散地躺在床上
不动
却听见窗外
细雨呢喃

像是在轻诉
我们曾经的点点滴滴
你说过
喜欢小雨

在雨里
拉着我的手
让上天赐下的绵绵细雨
轻抚我的头
细摸你的肩
一路
向前

神行天地

牵着阳光
闯进春天
恰好到达这片雾山
在雨中奔跑着
竹节树
在细风中跳舞
迎客松听着台阶响动声欢呼
脚步声终究会响彻
山林、石道
尘世间

叶子开始在时光里唱歌
随时准备迎接下一个丰盈
山峰中
穿过的眼神看见春天
云里雾里风里雨里
阳光见多了
而这里喜欢你

风吹过来
是何种之境地
上天赐下的甘露

顺着你们的玉体
沐浴并净化心灵
人生是旅程
幸福在天地

诗与远行

远方
朋友
很多蓝天白云
数不清的风景
充满深情的思念和牵挂
在心海中跳跃升腾

远方
景色就是一首诗
轻轻触摸我的神经
深邃的意境和缠绵的情
温柔的叩打
我颤动的心灵

远方
美丽山水给我带来愉悦
情景交融的我
走进你诗的佳境
春风荡漾着一缕缕暖流
布满爱的星空

远方

画中有画
画中有景
景中有诗诗中有情
看不完的美景奇峰
远方的佳人
充满了多少旖旎风情

磨炼的内涵

火热
云淡
夏天的太阳
烤得发烫
一生辛苦跋涉
至今是坚持的梦想
光阴都不再年轻
向往的白云隐匿在远山
曾经的时光飞逝
已变成月色的朦胧
修心

如梦
如烟
辛苦艰难的奔波
夜伴无怨的星星
好想寻觅一处安稳的枝头
栖息羽毛的疲惫
那巢、那树、归来的鸟
总是在靠近你时
感觉到了距离

蝉鸣
努力
已是最热的盛夏了
吹来一丝柔风轻盈
也许秋的收获
应该会有新的希望
心在不甘中
挑战天命

守候
观望
望着亿万年的石头
想着那爆发的火山
岩浆与火
经过千百次的翻滚
那晶莹剔透的玉石
是经过如何的熔炼

用真诚和纯洁的目光
切割虚假的石头
无论如何真诚地去抛光打磨
也改变不了
是石头还是翡翠的属性

秋　思

秋
夜有点凉
站在窗边
又开始思念
当秋叶在空中飘舞
晚风
在发尾处轻轻吹过
在耳边细细丝语

远方的人啊
你何时归来
梦中只想看你一眼
感觉很暖

思念梨园

告别
昨天风雨
梨花几朵飘落
泛起的满树相思
眺望
满园白色艳

花树尚小还青
花开几时
傻傻地笑还痴
朵朵成群相聚

遍野的花
那朵属于自己
遥想当年风流
天命无奈花丢去

梦中
花香满地
捡拾一片花瓣
含入口
品甜香
书卧床
一起入睡梦梨香

似水流年

唐诗
宋词
那个历史的年代羡慕
不敢去
在资料上查不出白话
只懂得各类诗词都很美
也许是百花齐放吧
人言还不可畏

清代
地位
女人虽说没解放
但崇尚孝道
脸红得羞涩
贞节牌坊都很大很高
观望中向往
今天的古董
旁边望着的丽人评价
真傻

远处
村庄
麦田里

一对相恋的青年殉情了
听说是彩礼要得太高付不起
叹息声、指责声、埋怨声
无济于事
抗争无用
何不私奔
难道还有黄世仁逼婚
不负责任的长眠
苦了母亲

叹秋雨

一场秋雨一场寒
出门方悔着衣单
天冷自有取暖法
人生易老叹蹒跚

桃　花

粉红的美女
如一场春雨
让我停步并引向你
不然路边的桃花儿
为什么这样鲜艳娇嫩

昨夜
又下了一场小雨
清晨
我抚摸着窗棂
遥望远空
感受清新的春意

如果说
热恋中的人儿
是最幸福的
那么今天
我在大地上观赏你的俏影
承接你的花瓣
与你共眠

天　地

良心
做人的根本
是做人的底线
无论时代如何变迁
根本不能丢
不能变

什么是良心
对父母尽孝
对朋友尽义
对事业尽忠
《孟子》讲
仰不愧于天
俯不愧于地
为人处事时对得起天地

少些私利
多些宽容
少些心计
多些容人
心地无私天地宽
就会轻松坦然
无愧于心

听谁在喊

灰暗的天
藏起
阳光的脸
云也怕冷将太阳抱紧

拉紧薄衣衫
我懊恼
风冷、带寒
花枝颤
忘了带雨伞

小小黄花儿
笑着
香着
随风飘远

潮湿
冷风
扑向我的脸
我听到了
山那边
雨在喊

雷电
风云
几个有趣的灵魂
在乏味的日子里变换
活出色彩斑斓

听说你又失恋了

昨天
许久的遥远
被昏暗的灯光掩盖下的忧郁
还带着微笑的伤感
曾经花中亮丽的惊艳
因寂寞空虚的岁月流逝
裙裾暗淡
何处抛烦恼
眼迷离
酒红艳

迷茫
痴恋
曾经托起的爱意
情丝缠绕
偷笑欢颜
甜蜜撞上路杆
泪流笑脸
随它去
疼也甜
融进心房点滴颤
叶红云间心望远

秋叶

飘落

落笔寒风洒雨点

墨重纸涩笔头烦

月初缺

泪润眼

一梦醒来已多年

万紫千红相依照

撕中间

一人一半手两边

奈何

塔角风铃日夜鸣

举案齐眉难上难

风不对

梦不圆

诗人的相思在诗行间

月光洒在秋风里

落在水中坐半天

莲荷出水叶儿圆

等待

纯洁

永远

听 音

枝丫
感慨
干枯的树杈搭成的窝
乌鸦自恋地看看天
这是我建的家
我有发言权
黄雀、水鸟
还有爱提建议的喜鹊
你们再不听话
我就叫我主子
它可是统治这片树林的霸王
我有瞪眼叫喊的特权
更有把你们赶出去的权力

脾气
强势
少年时看水浒
英雄人物大多来自绿林
此路是我开
此树是我栽
不听山大王的
无论满腹经纶的秀才

还是雄才伟略的将帅
最终结局
庙小水浅
风小有时也带有妖气
吹得骨头寒

平心
静气
绿茵足球场上
双方对弈
不管蓝衣白衣
你的命运在裁判的手里
红牌黄牌在口袋里
不听话、随便举
罚你下场
看你有理没理

露天
门边
青石棱角多
水滴石穿去琢磨
心火别忘戴口罩
情留
绿豆汤多喝
橡子想出头
争强好胜烂得多

忘 记

曾努力，把你忘记
忘记那个
转身而去的你
那天
阳光依旧明亮
风儿也很轻柔
你很决然，快步的身影
在轻舞中离去

此后，换了心态的我
愁伤
依然会时时走过那个路口
盼望见你的身形
柳树叶子，为什么要黄了又绿
燕子啊，为什么来了又走
寒冷的冬天，为什么长得没有尽头

我明明已经把你遗忘
可你还在
心里头

独伤的雨（二）

忘了带伞

书架

柜上

灰尘落在上面

史书、小说、字典

很久没看

华丽生僻的字堆在眼前

只图写过或用过

懂不懂

不管

扫一眼

偷笑

那都是温柔的赞

也许理直气壮的争

就是真理的酸

消遣

波澜

蓝天白云间望远

微风雨点

雨流屋檐

流水如诗句成灾泛滥

将美景花朵瞬间吹散

优雅自恋
荡秋千

小雨
浪漫
写不尽的雨中情恋
忘了带伞
被冰雹砸了头后怨天
小心将天捅个窟窿
星星月亮不语不言
依旧灿烂

江河
凝聚
小河将雨水聚集
一直向前
不会埋怨
如那溪流渐渐汇成大江大河奔腾向前
成就它的就是那一点一滴的小雨点

笔砚
行间
不敢再吃鸡蛋
诗行通俗易懂就是肤浅
转些自己也不明白的语言
高雅鲜见
高尚的习惯

围 城

也曾华发英姿
也曾来去如风的潇洒
也曾感叹知音难觅
无人应和的曲高和寡
那时的我
青春年少
却也心无牵挂

什么时候开始
忧愁染白我的黑发
辗转难眠的夜晚
无助地看着星空雨下

以为那是爱的升华
其实也不过是
把情字做成了锁枷
被桎梏的心
已经放弃了挣扎

假装感觉不到痛
编织一个梦的伊甸园
想网住曾经的所有美好

再开出一片血色玫瑰花

当眼神刺穿
狂热的梦想
当庸俗压垮精神的柱梁
别了
梦想

未　来

不要来生
今生就爱到永恒
我愿意
像座大山
一半承接地气
一半沐浴阳光

人生的旅途
站成永恒的坐标
爱的人
无论在什么角度
都能看到高山的雄伟

我愿意
化作北斗七星
在你心情郁闷的时候
为你指明航向

我愿意
做你的影子紧随
珍惜
收藏

未来无悔

看着你的眼泪
我也忍不住地伤悲
是春寒伤了嫩芽
还是久寒冻住了心田

是寒风
吹斜了杨柳
还是柳枝妩媚
搅乱了一池春水

给了你温柔
你却碾碎了我的尊严
繁花铺满了大地
青春又有几个轮回
多愿意把握住今生
举案齐眉

喜欢看你的温柔笑脸
牵手相敬的路
好怕你哭
很怕你怒
不是岁月无情

只愿经历无悔
在理解与包容的路上
慢慢地走去
找寻
你没泪水
我无伤悲

未来有一天

未来
有一天
我们离开了
你还会记得我吗
记得
曾经的
相识相聚

未来有一天
我们分别了
老死不相往来
你还会记得我吗
曾经
相濡以沫的爱情
共度的美好时光

未来有一天
你忘记了我
我这扭曲无力的文字
勾不起你
灵魂深处的一丝微澜
可我会依然把你

放在心间

未来有一天
我们天各一方
记得感恩
到我身边
双手合十
弯腰深情驻足
你会收到我的祝福

我心中的向往

你是我的青春
是我萌萌的初恋
见与不见
每一念
都是心中的向往

因为有你
我的脚步只有前方
人生每一艰难的时候
端详你
淡静中
就会增添勇气竭力向前

你如我夜色眷恋的那一轮明月
向往你
不需懂你的曾经
有你闪亮的光环照耀天空
我会心潮平静

因为有你
如诗如画的神韵
我的目光只有仰望

你那端庄灿烂的笑容
都是我心静如水的向往

心中的向往
你在哪
我就在哪
你无私洒向人间的甘露
天地安好
把永不停止的慈悲与善良
留在身旁

执 着

静静地
品一杯咖啡
略苦带甜
提笔
依旧执着
为你写下深情文字

把爱用心
写在这柔软文字里
在一个静夜下
为你堆砌成山

我
暖暖的
倚满园春色
对天默语
重温承诺
用思念酿出醉人的醇香

我把深情用心写在
浓浓的柔情里
寄托在每一处

血液流淌的地方
许久
彼此藏进了彼此的心窝

下雪的时候

又下雪了
是那里的风吹落了
我这里的雪花
还是
雪的晶莹挨着我眼中的晶莹对视
你的纯洁靠着我的真诚诉说
在一朵朵雪花里
我听见了你
心的跳动

心的跳动融化了我这里的雪
像泪
一滴一滴
浸透
融化打湿了我的心
暖热了我这里的冬天
隔着一路冰寒
你的冬天
不在我的月下
我的冬天也
不在你的花前

字里行间
装满了你的微笑
感受着那微笑
我知道
你的纸笺上
也一定有我的眼神在跳跃
或许
要不了多久
我们会一起走在下着小雨的春天
那个时候
让飘飘的毛毛细雨
落满你的长发
我的额头

真想
变成一个安静的砚石
为爱守候
你看着我
我看着你
说一说
想的时候
思念的情愁

仙女住在这

天仙
舞起
下凡
这块福地
富饶美丽

人间
天意
紫燕翻飞
玉皇大帝的女儿
厌倦了天宫的生活
迷上人间的活力
恋上了
满山遍野红色的桃花
还有那山清水秀的美景
淡雅的香气
体会观赏
民风的真情淳朴
亲情、友情
姐妹团聚在一起

仙女

降临
自古都是迷
化朽木为神奇
将细细的藤条儿
变成参天大树
在五凤楼内弹琴
吟唱歌舞
铺满的荆木条
成了那遮风挡雨的屋脊

神仙安排很随意
老树成精不容易
借来千年老桑木
天降宋村
罕见的阁楼梯

眷恋
人间的生活
神仙都供奉在这里
那高高立起的角楼
也在保卫平安仙境

心中的向往
几缕袅袅升起的炊烟
飘起
远去

相约永远

静静地
你来到我身边
那双温情脉脉的双眼
给了我
别样的温暖
前行的路上
心不再孤单

悄悄地
我融化在你的双眸中
如同怀春少年
恣意享受你的爱恋
风儿变得轻盈
歌声更加高昂

甜甜地
你陪在我的身边
无须牵手
无须语言
就那么对视
相约永远

相 信

这一次
远离家乡
一颗心漂泊在
这孤寂的路上
粉嫩的春色
不曾使我驻足和留恋
有时反倒莫名地
使我黯然神伤

或许这一切
皆与你息息相关
那风景如画
皆不能与你一道分享

这一次
阴天和雨特别多
此刻有些莫名的惆怅
我的心
在天地间孤独地流浪

曾经的风雨
也不会忘

未来的梦
依然伴我在路上
此刻
天空的星斗已渐渐明亮

注视着
行程的目光
更相信我对你的爱
思念承诺
抑不会忘

香雪的白玉兰

苏醒的春挂雪
若心已惊蛰
就等着
白玉兰开吧
等那片香雪的海
淹没所有干涸
纵然飞身飘落
也要香气四溢
铺满柔情月光古道

我懂夜的眼神
也懂花的恋情
挂在枝头
仰在地上
金黄色的花蕾含情
白色的花瓣柔情微笑
一枕春梦短
不落凡尘

想你的路太远

把秋水望穿
想你的路太远
冬末的春雨碾过
破碎的梦儿难圆
你说你会在春来到之前归来
可如今
已是烟花三月鸟语花开
却依然人影不见

天上的繁星点点
是否载有你当初的誓言
莫非你许下的承诺
说过的话儿已全部忘记
莫非你描绘的梦儿
在风中越追越远

念你的路太远
我思念的泪儿已干
春风吹来
我是否将过往的曾经尘封
还是该跟昨天
说声再见

写在情人节

站立塔下
年味已很浓
也想攀爬塔顶
无奈冬寒有些老成
已习惯围着塔身游走
思那曾经六府的辉煌

直面阳光
回想往昔路
只能说声再见
记着曾经的拥有
看着塔前相恋的情人
又再赶一场新的畅快与离愁

站在塔旁
抬头看金色的塔尖
这满面春风
不知和谁相拥
又是一年情人节
我只带回和留下一堆纸
还有歪歪扭扭的一些字
只有你永不负我
情诗

心的距离

近了、远了
只是心的距离

你、我
也是心的距离

惦记、忘记
还是心的距离

回望
已是鬓染白霜

生了、去了
留下什么

轻轻地，吹一缕风给你
淡淡地，接一片雪花给他

邀自己的心和月亮对话
走的要走，来的要来
永远在为心效力

心 语

回望
念想
孩童的小脚
不留神踏入那拄拐杖的路上
曾经的辉煌
青春的朝气飞翔

我能飞上月亮
嫦娥会将玉兔送我
梦想
洁白的雪花飘落
那冬日的吟唱
面包、牛肉
笑声都是温柔的花开放

玫瑰
久违
老旧的灯还有余光
曾经的缠绵还留有念想

冷静地思念
孤独地在心里问候

苍老的手
默默守候
今天的日子你可记着
那互表衷情的月下时光

用心听
静一静

木椅
老人
在沉默中静静感伤
无声无息地听花倾诉

风去风又来
花谢花又开
忆月下惆怅
雨的孤寂洒落身旁

长椅上
玫瑰香
那满脸的皱纹里是宁静的时光
印痕上满是怜爱的往昔
等候也是希望

也许
眼中
玫瑰花有温度

远去的风雨同舟
不要强留

思漫漫
留心田
有过美好
怀念放手都是幸福

心　愿

如果可以
我想和你
同行在交趾国的路上
一起去登月亮泉的山
在春居的茅屋里喝茶
聆听夜晚虫鸟的合鸣欢唱
许一世
永恒的情
固守归期

如果可以
我想和你
相逢在静静的荷塘
采一片荷叶
以心为墨
以风为笔
在碧绿的颜色上
涂满含情脉脉的诗句

如果可以
我想和你
在春天黄昏的白杨林

携一缕轻风
听你唱一首永不变调的曲
轻舞霓裳
共诉衷肠
来生一定和你相遇

如果可以
我想和你
穿越到那个前世的雨
落花一季的迷情之夜
静静聆听你送我的那首诗

陪你一起变老
千年之后
等你
七夕相会

心中的星

等春来
等花开
如水的夜晚
等来月圆星光
灿烂的陪伴

不要月亮
那是大众情人
多少追逐的狂热
多少双渴望的眼神
在你的身旁打转
情为你所系
心为你所牵

我想要一颗星
只要一颗心的归附
一段情的独专
把彼此的恋情写在脸上
深情于目
彻夜长谈

只要你

我的星神
我只爱
我的爱人
有自己的眷恋
有自己的星光同灿
那不是天方夜谭
更不是昙花一现

醒来春天

惊蛰复苏春心动
相遇勃发草木春
流水挑花千媚态
情迷意乱红杏开

远方的风

承诺
说过会来
等来了
初秋捎来的满眼红叶
等来了
那是你发出的电波
字里行间
我已悟懂

今世与你
或许
只能相约梦里
以念为墨
以心为笔
若是你懂
那是对我的慰藉

说过的红叶山边
我从黎明到黄昏
看日出到日落
从希望到失望
看红叶在空中飘舞着

带着秋风飞过耳边
细细丝语

轻轻吻着
我愿做土地
等来岁月的沧桑
梦里也曾见你
来过的痕迹
风过我听风
是否还有你捎来的风意

雨来我会想
你是否同我一样孤寂
度过
早该想到的结局
意念中美好的重逢
守住那份期许的承诺
等候不再永久

幸福满意的国民

千里

飞跃

兴奋中向下俯视

高丽景色尽收眼眸

友谊之邦

兄弟之情

晨曦唤醒了笑容

胸前的红像章夺目耀眼

漂亮俊秀的美女讲解时

抑制不住内心的激动

感动中眼睛含泪兴奋

那伟大的

尊敬的

还经常在话语中神采飞扬的人

我对你无限向往

机场

车站

意境中的繁华难见

只有几个航班的国际机场

最大火车站小楼外面

站台铁皮棚很小
远处车厢还露着天
但所有人都有充实感
幸福生活
精神饱满
小商小贩属于私有
更没有吃零食的条件

塔前
碑下
他乡的纪念塔
绿茵旁的浪漫
结婚的俊男靓女穿着民族的盛装
在伟人的塔下庄重留影、纪念
排列整齐的少先队员
在听讲着英雄的壮举
洗礼着纯净的心田

满足
幸福
自觉无私处处可见
排队等车自觉自愿

雨中
花丛里
勤劳的女人没有避雨
不停地在低头劳动

一些人
也许家中最大的财产
就是自行车和电视机
可他们幸福而没有顾虑
上学、看病、住房、退休
全是公费承担
就连田地里的粮食都不用化肥
健康第一
没有污染

可惜
现实是
他们并不富裕
精神生活满足
离现实的富强就差一点点
瞬间
改革开放的几十年

正视
未来
能歌善舞的民族
佳人姹紫嫣红的美
在载歌载舞中回想虚幻
如果
一直活在圈的里面
何时才能找到起点

胸　怀

遥忆

忆万年前

汹涌的大海

曾经的过往

苦难的经历

换来今日的脱胎换骨

因沉疴难醒

致遍体鳞伤

幸亏

还有美景

还有那不屈的魂

无边无际的象山石

思绪

那无穷无尽的想象

静思

你若喜欢森林险峰

森林必回谢你氧气美景

若想被爱

就要先去关心别人

当下之品格
真诚与谎言并存
底线尽失而不守
致物事疯狂
寻找远离与丢失的根性
理解大山大海的胸怀
少些索取
多些公爱之心
学会宽容
让我们都学会爱人
也被人爱

修 心

听的奉承话久了
真诚会离得很远
慌话说得多了
真话自己都会忘记
在黑夜里待长了
黑暗成了真理
习惯也就成了习惯

心
靠什么来支撑
佛的指引
善心和修身
前行的道路上
佛灯
照亮一种精神
坚持
就会平静
修心
就是光明

雪融成风

我无法抵御
春的诱惑
又不舍
冬雪慢飘飞扬
它潇潇洒洒
铺天盖地
亲我、吻你

大自然的强者
轻而易举
还柔情似水
心醉了
化我万千愁伤
也许明天
体无完肤
最终化泪而去

远方
春风带着一只小鸟
正在向着春的方向
飞来

许愿的雪

闭上眼
把泪水掩藏
睁开眼
还流着泪

当初的话语
写满
满天星空
让许愿
追随风
送你

隔着时空
或许
你会变成一朵雪花
飘落
而我
愿每一个飘雪的季节
都是
雪许下我们的白头到老

雪回家过年

雪
本是王母娘娘的泪水里
走丢的孩子
是在大地的思念里
离家远行的游子

雪
在虚空里流浪漂流太久
盼望回家
曾经回家一次哭一次
把春天哭绿
把夏天淋透
秋天握紧落叶的羽翼
凄凄切切缠绵不离

雪
只有这样的冬天
雪终于学会了包装自己的形体
将所有的欢喜和忧伤
都封装成洁白的旋律

雪

把热情奔放的心变成鹅绒棉絮
在茫茫天空里
跳了浪漫的一曲舞蹈
在盼望已久的年关返家
装点成衣锦还乡的美丽
然后悄无声息地
停歇在自家的屋顶和院里

雪
像孩童一样骑着树杈
不怨天寒
或者纯净地盖着草地
不怨春短
在亲情的阳光照耀下
微笑着回家
幸福
泪流……

雪中的温暖

一望无垠的寒
一望无垠的白
还有一条冰冻着春天的石子河
都是风寒
只有雪中的桃花树
在羡慕窗内的吊兰
还能享受爱的温暖

寻寻觅觅
忘记了风雪在扑打着脸面
看那个俊朗的少年
把心中所爱的西施
用曾经商量好的默契
在大雪中
把美丽的佳人
用大衣把她牢牢裹住

遮风挡雨
这藏不住的秘密
也藏不住情的爱恋，羡慕
正如藏不住爱的喜悦
藏不住分离时的彷徨

就是这样坦然

风来雨去的诉说
还有那细语软磨
跟着你
别伤我

阳光的人

你是一个敢爱的人
你是一个敢恨的人
你是一个敢笑的人
你是一个敢哭的人

你是一个敢做的人
你是一个敢说的人
你是一个善良的人
你是一个无畏的人

你是一个柔情的人
你是一个火爆的人
你是个织女般的人
你是面对现实的人

你是敢于承担责任的人
你更是一个阳光的人

遥 望

你那么遥远
遥远得我时常想起
春天
想起春天花开的奔放
那香
含在风里
沁入心房

我等过
等过一年年冬走
遥望你
从春天走来
出现在我的视野
穿越
我一年又一年想念
站在身旁

也许
你是春天的花朵
永远站在最美的枝头
不去夏日
不去秋里

任自己的念想
守望一个角落
等一夜
醒来
花开满窗

如果这样
我愿
遥望的念想
化作一缕缕温暖的轻风
落在你的家乡
停留在树草的枝叶
等待你
伫立的春天
一年又一年花香

一地的情思

今夜
思绪和梦一般长
青春岁月
反复演义回想
那少女初恋的心
被爱的羽翼驾着飞翔
纯净的心寄托着对未来的爱
而天使也将看到世界的希望

冬天的太阳有些远
并不是没有暖
当清瘦的太阳
慢慢薄出那暖暖的光
回忆那
指尖上站立的幸福瞬间
才有捂热大地寒凉的胸怀

雪还在下着
你的柔情却早已在我的天空
纷纷扬扬
余下要做的
是把那些诺言嵌入冰层

有的忘却融化
有的恒久珍藏

它应该是春天的精灵
又像是冬天寒雪中的梅花
有浓缩的玫瑰花香
还有傲骨的梅花气质

爱上一个人
会心甘情愿地为他守候

如果你
爱一个不该爱或爱不够的人
又如何
捡拾这一地的情思

一路走来

傻傻地
一路走来
唱着跑调的歌

总记得
在山腰上
种植过那没有结果的爱

求知路
泥泞中愉快着
膨胀
看不透
各色野心

功成了
迷茫地傻思
不知一生为何

成家了
养儿育女
尝品年少，好笑

温饱了

追逐金钱
捧书难找航道

白发了
回望山腰
人生哪段路好

一声叹息

诗与歌之间
一边是空话
另一边是废话

歌与诗之间
左边是喊着的疯狂
右边是牙疼的自恋

夸张的词和难见的字
堆在一起
华丽的诗与歌相融被称为诗歌
难得、少见
精品透彻
散发着空洞的能量

地气
接地气
是生活与生存触发的灵感
去感受最深最低层次的灵魂
把不死不活
埋葬、品尝
那不甘平庸的鲜活

我不懂诗
能听懂话
更懂语言和词字之间翻滚的美
可惜
词诗不屑我的爱意
常常背叛我
那一往情深的爱恋

面朝书海
笔干墨尽
醉在半浮半傻之中
富有想象
而不甘平庸
甲子已近还不甘寂寞
挤在岁月的诗词路口
左顾右盼
名誉、名声
名次、赞誉

微微一笑
无欲则刚

一世的情

一生一世的今天
精致大束的玫瑰
静开眼前
抱在胸前细赏
那娇艳欲滴的美
幽香里
沉醉心弦

百年修来的情
共度
心中有情的夜
狮子头品尝
是团团圆圆
美好的乐曲在心中回响

千年修来的缘
眼中含着问候和关怀
欢乐的舞
喜悦的脸
已溢满了整个心间
慢慢度过
细品甘甜

音乐的海洋

舞台

欢乐

点燃的灯光醉了

弹拨吹奏激荡起兴奋的神经

高山流水遇知音

花好月圆夜

伯牙奏古琴

山清、水秀

向往的童心

那飞翔的龙

未来的号角

不会停

沉静

细听

轻弹一曲金蛇狂舞

玉指合弦声

青松摇起千兵起

山川回应

曲尽，醉难醒

纷扰的夜晚

艰难寻一片属于童真的天空
让我只在乎你的承诺
变成音乐的溪流
在江河中奔腾
在少年的梦想中舞动

美妙
音律
我听到嫩芽出土的声音
还感觉到冰雪消融的春风
小溪水欢畅舞蹈
水花飘飞荡漾
远山不远
流水委婉
一丝细雨
一缕轻风
轻抚浪漫的花的嫩脸
甜蜜的未来
最深情的呼唤
花朵绽放
惊艳成片

风吟
怜爱
希望与未来
奏响了一场天籁的音乐盛宴
倾听

把耳朵圈成一河湾
天上人间的旋律
静听
心灵跟随音符畅游在蓝天白云间
脉搏撞击着生命的乐章
赞美
伟大的祖国
共筑中国梦的宏图

希望
奋进
终将实现梦想

友　情

一路走来
少时朋友越来越少
时光
帮你留住最真的
也帮你滤去杂质
看清本质

友情情谊
会一直珍惜
古人云
人生得一知己足矣
这一路走来
青春渐行渐远
功利

一双手
能抓住多少东西
一颗心
也就这么点地方
能挤下多少欲望呢

这一路

痛苦心酸不如意很多
委屈已经见怪不怪
现实有时候就是这么残酷
见识了
就长教训了

走着走着累了
被伤得多了
披上一层厚厚铠甲
走着走着懂了
自己的幸福自己把握
怎么舒坦怎么活

这一路
获得相伴一生的爱人
几个有爱心助人为乐的伙伴
平凡的幸福
普通的财富

没有谁
活得特别容易
只是隐藏在身后的痛苦
没有被你看到
珍惜平凡的快乐
创造改变自己的美丽人生

有爱的日子苦也是甜

我的天使
在那寒冷的冬天
你降临来到了人间
带来了喜悦与快乐
知道吗
那是妈妈渡过了苦难

我的天使
在那很远的地方
如今你已成人
过着美满幸福的生活
知道吗
遥远的故乡
思念你的母亲在苦等望远

我的天使
虽说你已有爱你的人
但妈妈和你二十余年的亲情
更是
难舍难分
知道吗
每次妈妈想你时

都难以述说那心中的苦与甜

我的天使
家里有亲人太多的想念
妈为你准备了
你最喜欢吃的甜点
还有那分别很久很久的思念

盼你，我的天使
——女儿
思念你的母亲
无尽的恋

雨中的温暖

雨天
天还是亮了
静悄悄地洒着天河的水
一点一滴清洗着
天空的尘埃
还密密麻麻地
告诉
那朦胧的内涵

喜欢
爱恋
小雨很多年
洒脱、优雅、落地的圈
甘露沐浴那花朵儿
鲜艳绽放着喜气
甜风细雨
你永远无私
奉献自己
无声无息

任性
调皮

有时你也会焦虑
将不满倾诉在欢乐的阳光下
狼狈奔逃中
我们叫喊
而在喘息观雨中
空中还飘飞着
爽朗的笑声

善行
堵塞下水井盖上的草
被弯腰在雨中的您清理
站起
高大闪光的您

善意
那行路中摸索的盲人
被美丽的女孩
搀扶到屋檐下避雨
暖在心里

前行
父亲淋着雨给儿子打伞
教育孩子坚强努力

小雨
温柔、浪漫、飘逸
洁净的你

洗净了那心灵中的尘埃
爱无止境
还会有风
有雨

月饼与嫦娥

曾经
小时候过中秋
嫦娥的故事根本听不进去
心里老想着月饼

现在
幻想中过中秋
月饼根本吃不下去
心里老想着嫦娥

责 任

曾经
何时
在哪见过你
好熟、好喜欢、好亲切
还好想轻轻地
摸你的脸

我登过许多地方的山
看到过好多地方的河
喝过许多种类的酒，
却只爱过一个
愁感苦涩的人

这里依旧灿烂

变幻，风景
跳跃独舞
风云很久了
是春的暖

辉煌的门楼边
睡在那很久的狮子
还睁着眼
日夜忠诚守卫下凡的仙女
福佑的楼阁
玉皇的殿

石柱、石台
墙角厚重的砖
古窗、古门
古楼望远
木与铁钉融合
防火防砍
古桥沧桑地回忆曾经
那护城河的水
泪早已流干
远处庙前受伤的狮子

在委屈地怒喊

街道
小巷
绿茵覆盖
纵横交错的小村，让我找不到出口的边
山峦沟壑连片，庄里庙宇相连
在云烟中若隐若现
也渡、也修缘

记忆
倾倒
背负所有的累把你拥抱，似梦半醒
千百年前，我拿着藤条儿正等着
瞬间的变
精致的工匠刻字纪念

清醒
沉寂
跳跃的夜晚，思绪还在飘、飞、转
笑了，许了我未来酸、苦、甜

珍 藏

那年
巧遇
牡丹花园
眼前一亮
瞬间心跳的有些快
如画中的景
很特别的长裙素雅修长
那脸上微笑淡然
眼中还略带忧郁的伤

闲暇
梦里
经常音容浮现
温柔甜美的笑声
梦中轻唱
从此你住进了我的心房

偶然
有趣
冲进了风里
风还很柔很惬意
就这样出其不意

亲切还带着暖意
知音还是缘
分不清
理不出头绪

天高
云淡
没有华丽的语言
从花开到花落
赏春到赏雪
最终还是将你丢在风里

思绪
无语
写很多赞美的诗
去歌唱纯洁的你
心如泉水
无法狂语

不是逃避
更不畏惧
是恬静善良的你
告诉那狂野的雨

祝福
珍藏
心底

真诚感谢

每一双
充满爱意的眼睛
都透露着你
友谊深情
每一张生动的脸庞
都会唤醒记忆的温馨
那翕动的嘴唇
用心说出一个个关怀
我被拨动的心弦感动
弹奏出友情
美的灵魂

心在动

真的爱
是心无旁骛
最真的情
是一心一意

路的方向
脚知道
爱的方向
心知道

远方
是云在动
还是风在动
都不是
是心在动

是心
默默地祝福
心从未走远
一直陪伴

重奏经典世界

睁大眼睛
与黑暗抗争
用耳朵细听
静听黎明的诞生
听那世间的一株绿草小花
被你亲吻
那小溪慢慢流过高山平川
听那天使下凡
来到人间

你们把历史的魂
用心中那执着的情
用你们勤奋的梦
把太阳拉得更近更近

历史的沉淀
生命的诞生
多少个春夏秋冬
用你们手中的乐器
奏出宏伟的名篇
把那浪漫幸福的爱情
铺洒了整个大厅

无数的经典重奏
用你们那巧拨千斤的手
通过那美妙的萨克斯管乐奏出
爱情与美妙
旋转与碰撞
辛酸与离合
簇拥着
一声声鸟鸣
把万花筒的春天
用一个个历史的碎片连接
把我带到那浩瀚的历史长空

你们
几个心灵相通的人
用生命的力量
让音乐永远飘向远方的天空

自画像

大山
陡峭
山坡上的青石很坚硬很亮
几亿年的沉淀辉煌
细微处，石中央
有生物在快乐中畅想
难想象
自画像
瞬间的万年
留在了高山石岩上
河流、山川
生命的意义
石头成为活的图片
那没有刻字的青石板
有条通往历史的过往画面

感恩
难忘
小时候在一张画本上
画了一个圆圈
红色的
旁边还有很多的点代表光

天空中
温暖的是太阳
你的身影不会变化
前后左右都一样
无论冬夏春秋
你的能量
永放光芒
留在那心中的永远是温暖
万物生存的源泉力量

河边
月亮
踏着青春的过往
画着人生梦中的美丽画卷

深夜的河岸
柳枝摆
蛙鸣叫
一个许久的承诺已淡然
挂着朦胧月
画到河里水中圆
天上的月亮都偷跑进河中戏水露颜欢

怨悲哀
谈浪漫
声声低叹
思念

依恋
半截树枝丢河中
意境美景都不见

听雨
敲窗点滴
看时光不老
轻恋月亮
无论月缺到月圆
天上或人间
都是一世的温柔
我想找寻回青春的芳华
还去对比老旧的照片
用心底的珍藏
画出朝阳与霞光

半生之愿

愿你有爱
愿你时刻展欢颜
愿有爱回报
直到最后一天

那曾经的爱情
并无意多流连
只愿静坐窗边
为你轻唱晚安

愿青春永相伴
人生一步步走远
愿你福安心远
一世笑看云天

你是
我前世的情人
定格你的惊艳
爱恋时光久长
融我半生之愿

雨爱深秋

那天
秋凉
在风雨中想起你
你的身影似云浮现
如秋雨缠绵
洒落雨寒的情思 ·
回想那雨中漫步
忽左忽右蹦跳着躲闪聚水
笑声已丢在小雨天很远

渐行
渐远
阴天连续滴落着忧伤
固执地相信着
晨醒的阳光才是暖阳
深秋的尽头
守着秋高气爽
拿什么去拯救洒了一秋的雨恋
还有潮湿了的心房

积蓄
成长

叶子落了

树没有悲伤

春风春雨还会给你绿的希望

今秋许你遥遥相望

天边的彩虹已牢牢记忆

痴情的泪雨

在我的梦里

已刻在那一圈圈的年轮上

躺在月光里

想拉住云彩的翅膀

看山看水盼朝阳

将秋雨中那朵绽放的小花

永久地珍藏

无眠之夜

今夜无雨
是风带来了你的气息
让我在不眠中
一个人
尽赏夜秋、远方星光

风在轻轻梳理着我的凌乱
脑海中还浮现着你的身影
远处
有一片落叶在缓缓飘飞
轻轻落下

我已把心捧在手心
遥对你的方向
默默祝福
你看见那片落叶了吗
在它之上
是我写下的满满思念

今夜
你能进入我的梦乡
我已为你架起了漂亮舞台和柔和灯光

更为你准备好了最美音响
只待你来
牵手
歌唱

书与路

麻 思

一个人心中的格局有多大
他的世界就有多大
一个人的爱心有多大
他奉献的爱就有多大

所以月亮的亮度和圆度紧密相关
太阳的远近和冷热相关

在你的行为里
藏着你读过的书
走过的路

一个人懂得孝敬父母
懂得付出
这样的人
即便没有读书
我也认为他读过了

思　秋

如何
走近你
这空寂的遥远
歌声阵阵
是留不住的别离
你手持一生春秋
站在我的对面
挥手间
已是满目风霜

落叶纷飞
用一场舞蹈作别
斟上一杯酒满饮
把所有的悲欢埋进心底
风卷着秋雨
带不走回忆
但愿人长久
共度银丝秋

习 俗

看他们，如两根铁轨
一直通向生命的尽头
用生命的终点，塑造诗的灵魂

传统文化很深厚
很深的爱面子文化
这些就是每个人不愿意
让别人看到的地方

都有一些秘密
自己走不出来
别人也闯不进去
都把最深沉的东西放在那里

你不理解，他会怪你
每个人都有一些伤口，或深或浅
不要试图把它揭开
那样最终伤的是你自己
学会包容、理解、忍让
懂不懂，都不怪

芳心醉成桃花红

寻酒
芳心
打开风流的诱惑
拥抱挽手的风
缠绵在那陶醉的豪情
圆梦、黄昏、粉脸儿嫩
风情、静夜、酒很纯
低吟浅唱残破的柔情
迷失的酒瓶满地晕

痴迷
纯真
读那窗下飞落的秋红
清泉水、茶入心
一味茶尖入口中
朦胧、淡定、飘飞的彩虹有祥云
高山的浓情
原野的芬芳
月夜摇、闻雨风、红灯下嗅香
芳心醉成桃花红

温馨

慢品
抖开岁月的包袱
把诗鸣琴音倒入杯中
眉中挑起一点春
红云、含羞
杯中洒落春风
红墙白雪，影中人

轻轻地走了

秋叶，残红
你轻轻地走了
妖娆几度的粉面红尘
带走了一片云彩

雪花
飘飞处与大地亲吻
抬头、山路上
少年追赶着满世界的雪
把最初的爱的嫩芽围绕

飘雪
飘飞的缠绵
风雪伸进半生，在漫天飞舞的光阴里

雪花，哪一片属于我
雪白晶莹的芙蓉
缓缓融化在梦的风中
轻轻地来
又轻轻地走
留下温柔

把爱丢给了距离

一个人的秋
一个人的夜里
翻看着曾经的记忆
静寂里浅醉，皆是多情
那丢在时光里的一声声轻唤
也随着月缺埋在云里
眼波没了呼吸
跨越眼泪
矜持，已输给了距离

回头，才明白
朦胧行走在海滩的浪里
不愿承认虚假的谎言
那悄悄走进生命里的足迹
已将每一个多情的许诺踩碎
透过岁月的迷雾
剥落着芳华的甜美
芳香何处觅
用沙堆起的恋情
海水冲过后的沙滩
寻不回足迹

带刺的玫瑰花

静寂
月下
偷爱上这一朵带刺的玫瑰花
血红艳丽花瓣弯
藏起半支秀独艳
怨秋寒、怪天热
怨刺、怨周边
不问心高傲
花无缘

梦里
心动
藏一半露一半
东山西山
相思君相恋
晨露润进心田
誓言犹在耳边
花泪、七夕，甜带酸

情话
私语
芳华的玫瑰久远

轻语
问那情为何物
玫瑰无错
防伪老人有发言权
爱的味道
铜钱
笑颜
心船划过桨，轻点
花才红
月才圆

花香
变幻
花盆中的玫瑰花
都想触摸浇灌
美艳
也许时光短暂
守住刺的坚韧
牢记
一旦摘下
轻许
死亡不会远

断线的风雨

追随
时光
我想做炎热盛夏里的一滴雨
穿过时空
飞过热浪
洒在旷野、山洼、你的辫子尖
轻抚在耳边细语
在身后掉落
一个个的圆和着心房跳动的点
美好的画面
圆满
清新
滴落扩散着淡雅凉意

人间
烟火
想做一滴断线的雨
不受任何束缚随风云而去
天空雷电相搏
撞击
将惊落的汗珠变成大雨
浇灌干旱的沙漠草原

嫩芽吐绿

守住
心雨
我想做一滴滴雨
清洗狂热翻滚的脾气
敲击一下不散的烦躁
眉间、肩头、胸前的衣
不平凡的浪漫
双手捧起的雨
漏出心里

恋雨
驾驭不住的小雨
细述情意
痕迹
脸上流出的路
通向远方云里
思绪开启
怨雨还是怨泪
迷茫也美

飞翔的心追月圆

追梦

天空

满天的云在脚下舞

一幅画卷在眼前飞

山川、河流、雪山的冰峰耀眼媚

醉入云、怀揣梦

山峦秋风吹

绿茵一地

得意做花被

呼唤

寻觅

岁月这把伞

撑起勇敢与沧桑

曾经的梦想甜蜜

期盼、眼神

仰望天空的等待

依然能点燃芳华的爱恋

芦花

心心相印的白

飞也靠得很近

带着眷恋

云间

飞翔

山踩在脚下

想伸手摸着月亮

心若年轻

就不会老

看雪山融化的白色河流

翻滚中卷起多情的缠绵

故乡、月圆、远方的山

路漫漫

追团圆

中秋月饼甜

奉献无悔

讲台
黑板
您用粉笔书写黑白
讲述丑与美、善与恶的因果
你用红笔圈住人生成长中的错误
修剪小树长出的枝杈
冬天，无畏严寒的您用嘴呵着手
粉笔头的笔灰记忆了您奉献的青春

春天，太阳从这里升起
点燃的一支支蜡烛
知识与光明
影响指导了青春的路途

责任
奉献
无悔那高楼的一行行字
老师、先生
尊敬的师长
您用一把智慧的钥匙
教会了我最重要的两个字
做人

高楼的秋意留不住暖

明月
窗边
秋风吹起窗帘
发丝舞起
易老的芳华握不住秋的变幻
翻看以前的照片
再也找不见纯真的昨天
邂逅的春情
纯酒、苦涩
影子
长相守

楼高
风猛
远方的乌云带着雷声
少见的嚣张
想撕裂吞噬美好的风景
天窗被吹开一条缝
是冷是寒分不清
或是心酥透
也许雪霜寒
心有几个孔

无尽的梦

收藏
月色
赏荷花出淤泥的纯
多情的藕断丝连
湿润了月亮初衷
秋雨、秋风
扑不灭的火焰
月光真诚
画不圆

火热的疯狂

深情
放逐
残阳下即将飘落的秋黄
清茶热浪
卷起一层嫩芽荡漾
淡雅的雾香飞翔
沸起芬芳
沐浴粉红的脸庞
张扬、沉落，卷起一帘梦
绽放，蝶舞
火热的疯狂
心海、燃烧，满庭芳
我喜君忧伤

彷徨
遐想
淡苦涩的多情
品赏端庄
口含暗香
优雅撩开了我的衣角
冰糖溶入甜
开心果痴笑
都是伤

家 恋

家乡
你还好吗
念着几分情思
想着远方
归乡

当我老了
我还想住在那已离开很久的老房子
没有我住的日子里
你是不是和我一样
孤单留在了窗上、门上、锁上
把忧郁挂满了
那小时候母亲种下的葡萄树上

树荫下
斟一壶好茶
用手轻扶被前夜风雨吹打的凌乱
歪倒的马蹄莲
那开放的花
执着的春也疼
你是不是也会有惆怅受损
用指尖轻轻弹走

那爬在花叶上的小蚂蚁
怜香惜玉也将小生命放生

静雅的阴凉下
蜜蜂
还有叶下那藏着成群的小白虫
都在用细细的尖嘴
吸取葡萄那圆圆的甜
醉人的汁
无奈在马蜂强大威力的震慑下
屈服
也会有伤感涌出

躺椅上的一本书
读了许久
卷曲的纸笺
写满了
关于家的文字
一行行的爱
一页页的甜
激情、感慨
那是我的情感在流淌
在燃烧
像火山一样的炽热喷涌

将这壶凉茶
把我的心情和我的思念

倒入花下
瞬间被多情的泥土与根茎俘去
在情思的山水里种下一树相思
抽芽、长大
开出一两支纯洁白花
纯一院葱绿
静静地飘散
洒一院馨香

今夜难眠

花红

月圆

手握着七夕的玫瑰

等待柔夜的月明星辉

胡音忧郁断肠曲

余音轻抚

懂良宵千金的珍贵

千媚百态的醉

酒红，媚

洒落一地泪

回眸

痴情

华丽的外表背后

那被歌颂上了天的爱情故事

在人间

迷茫

薄情处处寒

人性尊严

心境纷乱

迷失在守心难

聚 会

冬日
友聚
朋友送我一条
温柔体贴的围巾
那是一条很亮很艳的暖红色
是用你们的心编织的彩带
围住了我的心

你们
歌唱
透着热情的火焰
带着爱的力量
尽情欢呼
叫喊、尖叫
发狂地歌唱

当灯光照亮人生的舞台
你们是那燃烧的火焰
火焰中是友情
温暖了我的心
全化作暖暖的情
流入红色的海洋
飞向天空

女人节

好想做女人

在"三八"的时候

放下生活的烦琐

去公园赏花修心

不问春色是否撩人

好想做女人

在"三八"的时候

把烦恼尽数丢弃

孝敬父母、教育儿女

不问窗外风雨

好想做女人

在"三八"的时候

约上仨俩诗友

带上笔纸登山、谈心

绘出大好芳华

好想做女人

在二十岁时就能爱上别人

在四十岁以后还能爱上自己

享受人生

七夕前后

预告
七夕有雪
所有有情人骂了
傻瓜
连冬夏春秋都分不清
说七夕有寒
寒彻骨
痛心疾首
有人信了、有人笑了

懂
过一个天上和地上
一年才相见一次的节日
让所有的男女疯狂
变成了疯子
惹祸

酒中兑水淡些好
情到了
梦想成真银子说
细腰弯眉浅浅笑
哥

无尽风光秋水波

漂浮
寂寞
浅浅的河
秋花残叶落
思情恋意往昔事
柔波里
流淌一丝无奈
河的两岸拦不住向往奔放
一边执着
一边嬉笑击秋波
佳人多

七月迷上月亮

夜幕
落下
听说嫦娥又要下凡了
等着七月的朦胧
月亮是真的
嫦娥也应该是
如今传下来的真的不多
太阳和月亮还是
人间的嫦娥有时就眼晕
分不清
后羿再勤劳也是徒劳

天河
相聚
深夜的风撩动月亮
小白兔跳动了

我用月光的杯子
承接流星落下溅起的湖水
架一座天桥
轻语你的寂寞

唤醒

不变

思念游走在挂满星星的天幕

云雾遮住了痴情

泪如雨下

满腔期许

奈何

相思夜

遥望天空望穿眼

杯高举

泪盈满

有感长情忽入梦

挥手划长天

意中圆

相恋

一诺千年

期　限

秋高
月明
今年的秋淡定了很多
含苞半开的玫瑰
在等待着最后的鲜艳
疯狂
远方的目光在脑中一闪而过
留下了清晰的神情
欲望
人类的灵魂
得到与失去都是过往

红唇
眼神
期许中的玫瑰花韵
那香也丢在了风里
风雨狂扯着花瓣
为所欲为地奔放
羞涩得朦朦胧眬
与藏在手机里的矫情
藤蔓
期望

盘上月亮

相视
相融
设定的期限
那年的风
那年的秋
过期的玫瑰能否再送出去
沉默
天空的云
有梦

轻抚心中之门

轻吹

白云

将那天空撩开一条缝

雅赏蓝天

找那躲闲的风

一缕暗香

从空中飘来

轻叩灵魂

撞击心门

等那久违的玫瑰雨

天地

赐予

荷叶的水珠聚成晶

爱恋

落在了河中，溶成缘

花枝笑

心头甜

风过荷，雨千万点

破镜圆

悄悄私语紧相连

等待
醒来
用心灵的触角
延伸到你的窗边
荷裙翻细浪
鸳鸯梦
流星过
再诺枯海还濡沫
轻抚真好

清醒的朦胧

芳华
年少
倒满酒的杯都鼓着圈
口中埋怨着
低头用嘴吸去一点点
喧嚣闹成一片
斜阳透过窗顶墙纸红艳
寒冬的西风从门缝中吹进
风沉　酒冷　入口暖
小聚青春
骑车归家路
军大衣、玩闹、闭眼
朦胧间
将路中煤灰堆当成软床
睡上面

静寂
没灯的路
思绪也特别乱
酒陪着孤独壮胆
头疼、车歪、轮扁
朦胧中有人将车扶起

还将帽子扣在我的头上
过去的岁月
翻开那旧的光阴
抓不完的坏人
不认识的好人特别多
如今世界进步到满口道德修行
不论路边摔倒的是谁
绕着走
你懂

真假
难辨
噪音与浮华的世界
人和心都在空中浮着
清醒的时候装傻
羞涩的月季也变成了玫瑰
缺的是味

花红柳绿的世界
连孩子都找不到童真
时过境变
花开有梦
朦胧中活在诗里
一半清醒傻半天

秋

秋风

秋雨

还带着热浪

一波波地推进

慢慢地抒发情感

将悠长的秋热固执地伴随

不喜欢的温暖

缠绵

惆怅

秋叶

秋黄

嫩玉米已成长

胡须发黄

春到秋的风雨

一季短

饱满

尽辉煌

从容淡定不张扬

秋思

秋念

伤感的雨季
怀念的七夕
惊扰了一年的幽思
吹开了羞涩的面颊
在情感沉淀的时光里
翻出矮墙
长出嫩绿
默默
读懂你秋的雨

秋叶金黄

秋叶
瘦了
一缕晨光
把银杏叶儿染黄
春夏岁月
谁触碰了你的杏果
面容羞涩的满树芬芳
仰望红颜
一片秋寒
捡起一片早落的孤独
轻抚伤感
你痛吗
秋露湿润了你的眼

低头
深情
吻一下伤
把心愿写在残叶上
回望月圆
红酒迷茫的醉
用手蘸酒写在桌上
朦胧的远方

禅修的钟声
念意长、往昔是离殇
再回首
一树秋
还是金黄

秋雨吻了你

昨夜

烟雨

飘飞的风带着寄语

让那雨点吻了你的唇

触碰惊动了情思

柔润、甘甜、默契陶醉了一丝容颜

余香沉、秋叶鸣、风雨伴泪痕

无尽的欲望

往事敲打看不见的心

翻滚的梦

心春眷、寒夜观孤影

红灯燃

昼夜

丝尽思缠绵

秋蚕也筑梦去围城

默语

闲愁

那摇摇欲坠的秋叶还红

或许是红叶飞舞的思念

落地的瞬间

还在怪时光

秋的风寒

秋的艳

秋的短

秋的天高云淡

月牙儿那幽深的眼神闪着朦胧

寒风、冷雨

厚风衣

谁用这暖护着你

柔柔的云托起心

云雪
雪云
托起数千米的山峰
心跃起平行
高山的光环神圣
禅意在我心中
佛心向往的圣地
虔诚、心灯、雪山高傲的头扬起
远处传来钟声
敲击灵魂
转运轮转出希望与未来的梦

心静
远方
一座座连绵不断的山峰
期盼那日出的虹
五彩缤纷的云
在晨醒
守候一份难得的淡雅宁静
雾凇、红果、高高在上的眼睛
莲花宝座下双手合十的母亲
菩提子懂善意的诚

静等
佛缘
携一缕善意
留一份善缘
在这心灵相约的地方
祷告
那崇拜的精神理想
将情感崩塌的墙
沉淀、升华
远行离生命很远的凡尘
尘香飘飞成柔柔的云
托起的心化成雨露
点滴轻抚
善行善意的心灵
我愿
溶入云风
追梦日出火红的太阳
洗礼纯真

深秋希望在晨光

雾风
飘逸
依偎霜寒坚强
凝聚冰花窗
晨亮、温暖
感受远方的阳光
消融、释放
似雨哭破窗
那滴落的红尘之泪
冰冷、流淌
瞬间穿越风卷霜

摇椅
轻晃
浪风薄、衣襟乱
残秋尽、菊叶黄
嫩脸观晨阳
依呀叫
小手拍窗
手指戳在太阳上
兴奋溢在笑脸上

云朵

相拥

望远山苍茫

缕缕白雾腾起

浪卷往事荒

银丝裹衷肠

温暖的柔阳

一本书、一杯茶

诗墨洒向希望

东方晨光

往 事

细细地品味
过去的那些往事
谁又能知道
远去的记忆里
跨过多少秀美山峰
还经历过无数
困惑忧伤

细品那些往事
为把所有冰雪融化
情心均用
感化心念
是谁拨动了你的琴弦
让你眼含泪光
情到深处
慢读忧伤

当春风
刮过田野的时候
思绪堆积的日子
我还在那看天的蓝
林间和溪水旁
因一句承诺
守卫着那梦想

忘了一句承诺

月亮
深情
夜深人静的时候
无悔地做着太阳的情人
倾注万年的真情
仿佛相恋永远
远望、纯真、圆缺
变幻着美艳
那昼夜相恋不尽的梦

流星
划过
黑暗天际的夜空
脱离了生命的轨道
向往追梦那短暂的一瞬间
闪耀的是梦的一生
结晶成了土地上的精灵
尝尽甜苦才知
天空耀眼与荒野的冷落
不甘寂寞
那追风的人
永远追不到影子

日月

流逝

如美丽的芳华少女

手拉着手

一个个从我眼前走过

刻在眉间的岁月

无论是沧桑

或许是荣耀

都会成熟得忘了曾经

那许诺的一句话

被压扁或踩躏

扔在诗稿中

轻吹上面的灰尘

写在前面的几个字还闪着柔情

爱是奉献

醒悟

静思

那忘了许久的一句承诺

被冷落很久的纯真

我与月亮对话

红尘

月夜

过往皆岁月

青春的纯真

将我微笑的心

捧起思念

寄于明月天上、人间

无眠了谁的守候

辗转难眠

溶成笔下飞舞的字里行间

那梦，那狂放的过眼云烟

伤痕的残叶

吻我的脸

往事

苦短

圆月的中秋

你一半、我一半

岁月甜、轻轻唱着挂念

水珠儿依偎花瓣

影子真诚

见证云儿轻抚那玫瑰花的眼

短暂

久违

听风吟

醉在青梅浪漫中

对月举杯

多情、饮尽、将杯抛向空中

春花秋月夜

星星陪我

酒未醒

梦千般

心 动

夏日
夏风
云在动
扭曲的纹理在天空
变幻
翻滚
看不清的尘世
雨点也能击落
缥缈实现的真
一片飘落的秋叶
寻觅痕迹
心在动

夏风
嘱托
捎个信
月影掉入杯中
留不住的浮云
静思在花好月圆的七月
潺潺的河水中寻你的影子
无须拥抱往事
温柔已随着淡雅的河水远行

水在动

听音
诉说
树在动
仰望星空
时光刻在曾经的年轮中
疼
无所谓恨
没有标准
领略那空调的风
转换
瞬间的寒冷
缺了温存

吐出
烟圈
也许一世坚守的情缘
随风淡
不是秘密
经历风雨的参天大树
根与根缠绵
相连

心中的风

那晚
河边
花墙边
风，哪来的风
你向我挥手后走远
柔发甩出决然
秋叶的干枯落着寒

风，哪来的风
头顶的残月
哭泣的雨点
风，哪来的风
飞奔的心
追梦已去的春
是追风还是追青春
你说等那秋叶红
唇动、柔风
轻吹香风暖心中

深情
微笑
牵一条炊烟入云中

纤细玉手伸
电闪心颤动
小路醉在蜿蜒中
来去匆匆
都是风

夜半"歌声"

五更初
睡得正酣
突然
驴高傲地唱了
惊醒后不解
这个不尊重自然规律的驴
其他万物能容忍吗
马不屑一顾地说
叫声撕破天是证明了驴的厉害
它有叫喊的特权
默然
环保不罚款

心烦
这家伙凶
听声
惹不起
躲远
露出两只眼
却霸着这片天

无论多高大的堂屋

救赎了多少灵魂
喊声传得再远
不懂尊重
叫得再欢也是自欺欺人

圆月睡在河中央

风轻
好静
玫瑰花依偎在花枝上睡了
好香的梦
好多好多的玫瑰花
还有俊秀的面容
花中露水凝聚
滴落在枝杈尖刺上
碰撞
宁愿玉碎的力量

火花
水花
洒脱地冲撞
散落在眉间红唇上
心颤动
眼柔光
达摩克利斯之剑
撩拨心弦
弹奏的是鹊桥上
一年又一年不老的精彩
手拉手地飞翔

羞涩
望我
垫脚抬头的张扬
甘泉奔放
将花朵撕成碎片的力量
残缺的维纳斯美丽端庄
月亮睡在河中央
鸳鸯、红灯笼
星星眨眼云间藏

羞涩
开放
七夕的人间
夜幕、红酒、许诺
双手捧起的虚幻
满天飘飞的誓言
吟唱风月
甜

晨醒
酒淡
数十年
小米饭
土豆片

醉了心房

半醒半睡
在我的梦里
秋雨欢颜一个夜晚
或许，情思、雨扑情殇
听雨人倚窗
这炫目的一现
红伞下的羞红醉了心房

红豆相思
温润了月下的酒
暖了星光的梦
无悔，柔情
雨点轻抚窗
洗礼淤积的伤
惊艳芬芳的相遇
会否成为惆怅
心灵相约的地方
皆是美丽的向往
今夜的雨，好柔
风，幽幽的爽

后记

看着写完的诗稿，感慨颇多……

《轻抚心中之门》分上下两集，它是我内心的独白，也是我自己的歌。

几十年的商人，为博利而行走在充满了酸甜苦辣的商海。在商海的行走中，自己的读书求知之路从未舍弃，相信每一次的努力都有收获。

一路走来，对于文学的爱好，也许是我与生俱来的秉性。也或许是因为经历的磨难比常人多些，情感的波动起伏较大。我经历过那么多美好和苦难，想发出自己的心声。我用这后半生写成的诗作百首来抒发我对过往的爱与痛，谨以此书聊表我对人生的慰藉。我的内心尚有一颗不眠的诗心，多年积攒的诗歌在此收集发表。

生活中处处有诗有歌，天真的儿歌、痴情的情歌……诗是浩渺的海洋，诗是辽阔的宇宙，它包罗我的一切。我感恩感念于它。

在这些诗歌集成后，我在这里要感谢帮助我整理和审阅这些书稿的山林老师，还有在这本书编撰过程中一些朋友和老师的指点与帮助。在此我一并致谢，感恩，感念，感谢。

小孩

2019 年 1 月 8 日写于长治